AML286613
O COMEÇO DO FIM

CB034320

Editora Appris Ltda.
1.ª Edição - Copyright© 2025 dos autores
Direitos de Edição Reservados à Editora Appris Ltda.

Nenhuma parte desta obra poderá ser utilizada indevidamente, sem estar de acordo com a Lei nº 9.610/98. Se incorreções forem encontradas, serão de exclusiva responsabilidade de seus organizadores. Foi realizado o Depósito Legal na Fundação Biblioteca Nacional, de acordo com as Leis nos 10.994, de 14/12/2004, e 12.192, de 14/01/2010.

Catalogação na Fonte
Elaborado por: Dayanne Leal Souza
Bibliotecária CRB 9/2162

A485a
2025
	Amaral, G. C.
	    AML286613: o começo do fim / G. C. Amaral. – 1. ed. – Curitiba: Appris, 2025.
	    89 p. ; 21 cm.
	
	    ISBN 978-65-250-7683-6
	
	    1. Ficção científica. 2. Drama. 3. Psicológico. 4. Mitologia.
	    I. Amaral, G. C. II. Título.
	
	                                                                                CDD – 800

Editora e Livraria Appris Ltda.
Av. Manoel Ribas, 2265 – Mercês
Curitiba/PR – CEP: 80810-002
Tel. (41) 3156 - 4731
www.editoraappris.com.br

Printed in Brazil
Impresso no Brasil

G.C. Amaral

AML286613
O COMEÇO DO FIM

Curitiba, PR
2025

FICHA TÉCNICA

EDITORIAL Augusto V. de A. Coelho
Sara C. de Andrade Coelho
COMITÊ EDITORIAL Ana El Achkar (Universo/RJ)
Andréa Barbosa Gouveia (UFPR)
Jacques de Lima Ferreira (UNOESC)
Marília Andrade Torales Campos (UFPR)
Patrícia L. Torres (PUCPR)
Roberta Ecleide Kelly (NEPE)
Toni Reis (UP)
CONSULTORES Luiz Carlos Oliveira
Maria Tereza R. Pahl
Marli C. de Andrade
SUPERVISORA EDITORIAL Renata C. Lopes
PRODUÇÃO EDITORIAL Adrielli de Almeida
REVISÃO Débora Sauaf
DIAGRAMAÇÃO Amélia Lopes
CAPA Juliana Turra
REVISÃO DE PROVA Ana Castro

*Para Patrícia e Rodrigo Amaral.
Obrigado por acreditarem em mim, mesmo quando
tive dificuldade para eu mesmo poder acreditar.*

SUMÁRIO

Prólogo 9

Capítulo 1
A "vida" miserável de AML 12

Capítulo 2
A conversa com Bill 19

Capítulo 3
Começo do treinamento com Dipper 22

Capítulo 4
A dualidade de AML e o começo da amizade com Bill ... 27

Capítulo 5
A primeira missão de AML 30

Capítulo 6
A reviravolta 33

Capítulo 7
A morte de um biônico 36

Capítulo 8
A profecia de Asgard 41

Capítulo 9
O passado, a criação de uma irmandade 45

Capítulo 10
A volta ao treinamento 50

Capítulo 11
Aperfeiçoando as técnicas... 53

Capítulo 12
O medo e a oportunidade 56

Capítulo 13
A roupa à prova de fúria... 60

Capítulo 14
O Bom Biônico.. 63

Capítulo 15
A sombra do herói.. 66

Capítulo 16
A escolha difícil... 69

Capítulo 17
A revelação de Bill.. 72

Capítulo 18
A traição de Fun.. 76

Capítulo 19
A Batalha dos Sinos.. 80

Capítulo final
O novo guardião de Midgard... 85

Prólogo

No universo, nove reinos coexistem, cada um habitado por raças distintas que desconhecem completamente o verdadeiro equilíbrio do cosmos. Entre eles, Midgard se destaca como o lar dos mortais, uma raça criativa, porém frágil, que vive alheia às forças maiores que moldam sua existência. Os mortais não sabem que existem outras raças além deles. Para eles, o universo é apenas o que podem ver, tocar e entender com sua limitada ciência. Enquanto isso, nas sombras, os outros reinos observam Midgard, cada um com sua própria percepção de superioridade. **Os deuses de Asgard** se consideram supremos. Com sua força descomunal e resistência lendária, acreditam que foram escolhidos para governar todos os outros, desprezando a brevidade e "fraqueza" dos mortais. **Os celestiais de Jotunheim** são a personificação da vida longa e da cura perfeita. Com corpos que se regeneram de quase tudo, eles olham para os deuses e mortais como criaturas primitivas, incapazes de compreender a verdadeira harmonia da existência. **Os anões de Nidavellir**, em sua inteligência sem paralelo, acreditam que a criação é o verdadeiro poder. Para eles, tudo pode ser construído, aprimorado ou replicado, inclusive as fraquezas das outras raças.

Cada raça vive em seu próprio mundo, limitada por suas crenças de superioridade. Mas há algo que nenhuma delas percebe: Midgard, com seus mortais "imperfeitos", guarda um segredo que pode mudar o destino de todos os reinos. Enquanto os mortais vivem suas vidas sem saber do conflito maior, forças silenciosas começam a se mover. Deuses, celestiais e anões conspiram em seus reinos, cada um com planos que podem moldar o futuro de Midgard. O equilíbrio entre os reinos está por um fio, e quando Midgard inevitavelmente se tornar o centro de atenção, os mortais descobrirão que seu mundo é muito mais vasto e perigoso do que jamais imaginaram. Midgard, como os mortais chamavam seu lar, e como as outras raças chamam, é um reino singular, moldado por eventos e avanços que o distanciaram do caminho que conhecemos. A mudança começou em um ponto específico da história: o ano de 1500. Naquele tempo, um cientista sem nome, ignorado por seus contemporâneos, compilou teorias que ultrapassaram séculos de conhecimento em nosso mundo. Ele documentou conceitos que hoje seriam atribuídos a figuras como Albert Einstein, Nikola Tesla, Isaac Newton, entre outros. Suas ideias, embora desvalorizadas na época, se espalharam, influenciando as mentes mais brilhantes de sua era e permitindo um progresso tecnológico muito mais rápido do que aquele que conhecemos. Por volta de 1900, Midgard já havia se transformado em um mundo avançado. No entanto, com a inovação veio o conflito. O desenvolvimento tecnológico trouxe armas e ferramentas poderosas, o que gerou tensões e ameaças de guerra em escala global. Para evitar um colapso iminente, as nações da "Terra" decidiram se unir, criando uma coalizão que deu origem ao **Governo Galáctico**.

O nome "Governo Galáctico" refletia as aspirações de um futuro ainda maior: a Terraformação e colonização dos planetas do sistema solar. Esse governo começou como um esforço coletivo para manter a paz e coordenar os avanços científicos, mas, com o tempo, se tornou uma força centralizadora e autoritária. Agora, em 2040, em que começa a nossa história, Midgard é um mundo de extremo contraste: **Tecnologia Avançada** – cidades flutuam sobre oceanos, veículos cortam o céu com facilidade, e sistemas automatizados controlam grande parte do cotidiano. A biônica e a inteligência artificial são apenas uma fração das inovações que definem o reino. **Desigualdade e Controle** – apesar de sua prosperidade aparente, o Governo Galáctico mantém uma vigilância constante sobre seus cidadãos. Os biônicos, por exemplo, são usados como ferramentas para impor a ordem e eliminar qualquer oposição. **Ambição Galáctica** – enquanto o governo busca expandir seus domínios para outros planetas, grande parte da população de Midgard ainda enfrenta desigualdades e repressões. Midgard não é apenas uma Terra alternativa; é um reino que demonstra o potencial da inovação sem limites e os perigos de sua centralização. Um lugar onde a criatividade dos mortais floresceu como nunca antes, mas onde essa mesma criatividade foi sequestrada por um regime que visa o controle absoluto.

Embora os mortais desconheçam a existência dos outros reinos e raças, Midgard já é o epicentro de um conflito muito maior. E quando o equilíbrio entre os reinos for rompido, os mortais aprenderão que o verdadeiro avanço não está na tecnologia, mas na luta por liberdade e humanidade.

Bem-vindo a Midgard. Aqui começa a história de um mundo prestes a acordar para um universo maior... e mais mortal.

Capítulo 1

A "vida" miserável de AML

28 de abril de 2040
(escrito no diário do biônico AML286613)

"Diante da vastidão do universo e da eternidade do tempo, é especial compartilhar este lugar e este instante com você".

Por algum motivo, lembrei dessa frase. Não sei sua origem, nem como surgiu em minha mente, mas ela martelou por três dias seguidos. Agora, não importa mais. Hoje é meu dia de folga. Só tenho esse dia para descansar no ano. Desde que fui criado, há 18 anos, trabalho para o Governo Galáctico. É o mínimo que devo fazer. Fui criado por eles, minha existência é graças a eles.

Agora vou comprar um bolo para comemorar minha "vida" com meus colegas de trabalho e minha esposa, Claire Clarke... Até mais, diário.

Apesar de reclamar do trabalho incessante, AML vivia em luxo militar. Raramente era chamado para interromper manifestações e prender ou executar os "responsáveis pela discórdia", acusados de atos antidemocráticos.

Na realidade, AML era excluído entre seus colegas biônicos, considerado pouco eficiente em suas ações. Ele vivia com uma raiva constante, mas tentava aparentar que não se importava com as palavras alheias.

Havia poucos biônicos que ele considerava amigos: LFV, JKL e PRR. LFV, na mente de AML, era seu melhor amigo, mas secretamente espionava-o, algo que AML jamais suspeitou.

AML286613 era imponente, com cerca de dois metros de altura e cem quilos. Seu rosto era másculo, de beleza marcante, com olhos castanhos escuros quase pretos e cabelo preto liso. Ele não usava barba simplesmente porque não gostava. Apesar de serem parte máquina, os biônicos tinham aparência humana e um padrão de beleza acima da média, o que os tornava difíceis de confundir com pessoas comuns.

Os convidados estavam atrasados para sua celebração de aniversário, como de costume. Então, AML decidiu comprar um bolo de última hora.

O que ele não esperava era a visita de um estranho que, curiosamente, o conhecia melhor do que o próprio AML imaginava.

Esse homem era Daniel Dipper Star.

AML caminhava em seu bairro, despreocupado. Afinal, sendo um biônico de combate do Governo Galáctico, sentia-se seguro mesmo em meio às ruas movimentadas de NeoLisboa. Porém, algo inesperado chamou sua atenção. Não foi um som ou um gesto, mas uma figura incomum que parecia deslocada no cenário urbano.

O homem era esguio, magro como um poste, e sofria de uma condição que nenhum mortal conhecia, mas que seria facilmente reconhecida por um deus. Sua pele era de um tom pálido, quase translúcido, como se jamais tivesse sentido o calor do sol, e sua pelagem azulada brilhava com uma intensidade surreal, um azul tão claro que parecia artificial. Apesar de sua aparência estranha, suas roupas eram impecáveis, e um perfume agradável emanava de sua presença.

AML parou imediatamente, incapaz de disfarçar a curiosidade - ou o desconforto. Ele o encarava como se estivesse diante de uma aberração, ou talvez algo além de sua compreensão.

O estranho, percebendo a distração de AML, agiu rapidamente. Antes que o biônico pudesse reagir, ele retirou um dispositivo semelhante a óculos de uma bolsa discreta e colocou-o no rosto de AML.

A princípio, AML tentou se mover, mas algo o impedia. Ele sentiu uma estranha conexão, como se tivesse sido transportado para outro lugar, outro tempo. Então, começou a ver imagens.

Um menino. Seu nascimento. Risos, lágrimas, momentos que pareciam pessoais e íntimos, mas que ele não reconhecia. O nome da criança era Gabriel.

AML assistiu, impotente, à vida daquele garoto se desenrolar diante de seus olhos: a infância feliz, os sorrisos com sua família, e, de repente, a escuridão. Gabriel fora acusado de um crime terrível - o assassinato e desaparecimento de sua irmã mais nova. Ele era inocente, mas o julgamento foi implacável. Condenado à morte pelo Governo Galáctico, sua vida chegara a um fim abrupto.

As emoções começaram a se acumular dentro de AML. Ele, que raramente expressava sentimentos, sentiu lágrimas escorrerem de seus olhos enquanto observava aquela história trágica. Quando as imagens terminaram, a raiva tomou conta.

Com um movimento brusco, ele arrancou o equipamento de seu rosto, encarando o estranho com fúria.

— Quem diabos é você? E o que isso significa? — rosnou, suas mãos cerradas em punhos, como se estivesse pronto para atacar.

O homem não demonstrou medo. Pelo contrário, um leve sorriso surgiu em seu rosto. Seus olhos, profundos e curiosos, pareciam ver muito além da superfície.

— Meu nome é Daniel Dipper Star — respondeu calmamente. — E o que isso significa? Bem, AML286613, significa que sua história está apenas começando.

AML permaneceu imóvel, encarando Dipper. Algo dentro dele dizia que aquele encontro mudaria tudo.

Dipper se virou, pronto para se afastar, mas antes de desaparecer na multidão, ele olhou por cima do ombro e falou, como se previsse a dúvida de AML:

— Se quiser entender mais, saber o que tudo isso significa, pode vir até a minha casa. Não é muito longe daqui. Fica no velho armazém abandonado na Rua dos Esquecidos, perto da estação de trem. Não é fácil de achar, mas se você tiver coragem de seguir, saberá o caminho.

AML permaneceu em silêncio, observando Dipper enquanto ele desaparecia na multidão. A informação parecia desconexa, mas algo dentro dele dizia que precisava seguir, que aquela poderia ser a chave para as respostas que tanto procurava.

Ainda com o bolo em mãos, AML ponderou por um momento: *O que poderia acontecer ao ir até lá?* Ele não sabia, mas a palavra "coragem" ecoava em sua mente, instigando algo que ele nunca imaginou que teria que enfrentar.

— Rua dos Esquecidos... — murmurou para si mesmo, sentindo uma mistura de insegurança e determinação.

Ele sabia que, mais cedo ou mais tarde, precisaria ir. E talvez, naquele armazém misterioso, as respostas estivessem esperando por ele.

AML demorou alguns minutos para processar o que acabara de acontecer. Aquele encontro com Dipper, as palavras enigmáticas, a sensação de que algo estava prestes a mudar... tudo aquilo o incomodava de uma maneira que ele não conseguia entender completamente.

Com o bolo ainda nas mãos, ele seguiu seu caminho de volta para casa, mas sua mente estava longe, perdida nas imagens de Gabriel e no mistério que Dipper parecia carregar. Quando chegou ao prédio onde morava, entrou sem fazer barulho, tentando esconder a inquietação que o consumia.

Claire estava na sala, sentada no sofá e assistindo a uma transmissão do governo. A imagem do presidente, com sua expressão autoritária, dominava a tela.

— Você demorou. — Claire disse, sem tirar os olhos da televisão. Sua voz soava cansada, mas havia um toque de simpatia em sua expressão quando ela finalmente olhou para AML. — A festa não começou sem você, não é?

AML tentou sorrir, mas não conseguiu disfarçar a tensão em seu rosto.

— É... houve algo, mas está tudo bem. — Ele colocou o bolo sobre a mesa, tentando parecer despreocupado, embora a agitação interior fosse difícil de esconder.

Claire levantou-se para cortar o bolo, mas AML não conseguia se concentrar. A mente dele estava ocupada demais com a ideia de ir até aquele armazém. A Rua dos Esquecidos... o que ele encontraria lá? Quem era aquele homem, e por que Dipper sabia tanto sobre ele? Por que sentia que sua vida estava prestes a mudar de uma forma que ele não poderia controlar?

— Está tudo bem, querido? — Claire perguntou, notando sua distração. Ela se aproximou, colocando a mão sobre seu braço, mas AML estava longe demais para prestar atenção.

— Eu... eu preciso fazer algo. — AML respondeu, sem pensar direito. — Algo importante.

Claire o olhou, surpresa com a seriedade em sua voz.

— O que está acontecendo, AML? O que você não me está dizendo?

AML sussurra:

— Gabriel? Ele existe?

Claire logo percebe de quem está falando e, pronta para executá-lo com uma pistola, diz:

— Parabéns pra você, nessa data QUERIDA...

AML se defende com seu escudo de plasma e, sem querer, a mata.

Ele vê que tem uma caixa na mesa de jantar, e quando abre, vê um teste de gravidez positivo, com alguns exames embaixo dele, indicando que AML seria pai de uma menina.

Desesperado e sem ter para onde ir, ele sai de casa.

O ar estava fresco, e as ruas de NeoLisboa estavam iluminadas pelas luzes artificiais que dominavam a cidade. Ele caminhou sem pressa, a cada passo mais decidido, sabendo que não havia mais volta. Ele chegou à Rua dos Esquecidos. Era um lugar abandonado, com prédios deteriorados e ruas escuras. O silêncio estava por toda parte e AML sentiu a tensão crescer à medida que se aproximava do número que Dipper lhe havia dado. O armazém era grande e imponente, mas parecia vazio à primeira vista. Nenhuma janela iluminada, nenhuma luz visível.

Ele respirou fundo e se aproximou da porta, que estava ligeiramente entreaberta. Era um convite, ou talvez uma armadilha.

Com um movimento firme, AML empurrou a porta e entrou.

Dentro, o cheiro de poeira e abandono era forte, mas o lugar estava mais bem conservado do que parecia por fora. Havia uma mesa no centro da sala, com papéis espalhados, e algumas lâmpadas fracas iluminavam o ambiente de maneira discreta. Dipper estava ali, sentado em uma cadeira, aguardando. Ele não parecia surpreso, como se soubesse exatamente quando AML chegaria.

— Eu sabia que viria — Dipper disse, com um sorriso tranquilo, mas com um olhar sério. — Você não pode escapar do seu destino, AML286613.

— A minha casa é na frente dessa.

— Aonde? — Dipper e o Sr. ML atravessam o corredor, onde tinha uma porta no meio do nada. Dipper pega a mão de AML e a corta, fazendo-a sangrar e esfrega na porta. AML, com uma raiva gigante, pergunta:

— Por que cortou minha mão?

— Sua mão está cortada?

AML olha para sua mão e vê que não tem vestígios que ela foi cortada e que sangrou.

— Apenas entre! — Dipper diz e AML obedece.

Capítulo 2

A conversa com Bill

Quando AML entra na casa, Dipper apresenta os seus "companheiros de aventura".

— Senhor ML, lhe apresento Wallker, Killer e nosso palhaço da turma, Fun.

AML calado, pensando se esses nomes são apelidos ou se de fato são seus reais nomes, sendo Killer o mais gordinho deles. Wallker, um homem magrelo com olheiras. E Fun é o mais baixo de todos, tendo menos de um metro e cinquenta. Quando menos se espera, Bill, pai de Dipper e o dono da casa, aparece e pergunta:

— *Você é o AML? Ouvimos muito sobre você.*

— Ouviram? — AML pergunta, com muita dúvida, "será que eles me estudaram antes de me convocar?", ele pensou.

Bill pede para ele se sentar, que responderia um pouco de suas dúvidas antes de dormirem. AML senta e o questionário começa:

— Bill, por que vocês gostam de separar as pessoas, chamando-as de mortais?

— *O senhor não conhece o mundo fora do seu reino, onde nasceu. Existem 4 raças da espécie humana, conhecidas por sua* velocidade, força, inteligência e curabilidade. Você é da raça dos mortais, como seus companheiros Wallker, Killer e Fun. As raças são: Os Mortais, deuses, Celestiais e Os Anões. Os **Mortais**, conhecidos por sua extrema velocidade, capazes de correr na velocidade do som e pensar na da luz, são extremamente criativos, porém suas ideias estão presas a sua época por serem impossibilitados de pensar no futuro de sua nação... Sua taxa de natalidade é considerada alta pelos outros povos... O tempo de vida de um mortal é ridículo comparado a outras raças. Os **Deuses**, conhecidos pela sua força extraordinária e sua capacidade de suportar danos, conseguem moldar metal maciço com as mãos. Sua taxa de natalidade é quase inexistente. Eles vivem mais de 2000 anos, mas apesar disso, sua inteligência é muito abaixo da média, comparada a outras raças. Os **Celestiais** se curam em velocidade surpreendente, capazes de curar as mais terríveis doenças, menos o câncer, são considerados médicos pelas outras raças. Pelo exato motivo de se curarem extremamente rápido, não conseguem tirar suas vidas, mas podem falecer por danos físicos, mágicos ou velhice... vivem cerca de 1200 anos. Já os **Anões** são a raça mais inteligente, capazes de criar de tudo. As anãs conseguem se clonar e passar sua consciência para os corpos que clonam. Se o clone tiver um filho, o DNA original vai para a cria e não o do clone, porém terá as feições do clone e não do original, vivem quase o mesmo que os Celestiais. Da mesma forma que existem 4 raças, existem 4 reinos habitáveis. **Midgard**, o mundo onde os Mortais vivem, **Asgard**, onde a Raça Divina, Deuses, costuma viver, **Jotunheim**, o reino dos Celestiais, acima de Asgard e **Nidavellir**, a terra dos Anões.

AML ouviu tudo em silêncio, pois estava prestando mais atenção no que Bill falava e, na hora em que ele perguntou se tinha mais dúvidas, AML perguntou:

— Seu sotaque? Nunca havia ouvido alguém falar assim. O senhor seria de **Midgard**?

Bill sorriu e respondeu:

— *Vimos que temos um observador aqui. Não sou mortal, nem eu e nem meu filho Dipper.*

— Então, o que são? E qual reino você é?

— *Sou um deus, e fui exilado de Asgard pelo meu pai; foram dois anos para aprender a língua daqui. Mas quando aprendi, conheci uma dama chamada Isabela Star, a mãe do Dipper.*

— Ela sabia sua natureza?

— *Sabia, sabia até mais do que meu pai; eu nasci fraco, até hoje não sou tão forte quanto meu pai, ou até mesmo os outros Deuses, tive que trabalhar em dobro para me sentir alguém em Asgard, vivi meus primeiros mil anos lá. E só por curiosidade, hoje tenho 1.242 anos. Meu filho tem 237 anos, ele ainda é muito novo, mas sofreu muito devido à sua aparência.*

— Imagino.

AML começou sua primeira amizade na casa naquela noite.

Capítulo 3

Começo do treinamento com Dipper

Dipper insistia em treinar AML, o biônico sempre dizia que nasceu pronto para combate, mas em um fatídico dia, Dipper estava sem paciência e o chamou, sem dizer para tal finalidade. Quando AML chegou para perguntar o motivo de ter lhe chamado, Dipper utiliza o pequeno tempo de distração para tirar o Sr. ML de si. Usando a velocidade mortal, que veio de sua mãe, Dipper dá um golpe em AML que ele nunca havia visto. O golpe foi tão rápido e certeiro em sua barriga, que a alma de Gabriel saiu de AML por alguns minutos, sem entender o que estava acontecendo, como a alma mesmo pergunta para seu mentor.

— O QUE DIABOS ACONTECEU AQUI???? EU MORRI?

— Não! Só desprendi sua alma do seu corpo.

— Ótimo, como volto?

— Em pouquíssimo tempo, volta ao normal, mas se não se gabasse de que foi desenvolvido para combate e soubesse usar seu lado mortal, não teria acontecido isso!

Gabriel volta ao corpo de AML segundos depois de Dipper falar isso.

— Como uso a velocidade de um mortal? Entrei em pânico fora do corpo.

— É normal o desespero pela primeira vez, logo se acostuma com isso.

— Primeira vez? Vai fazer de novo?

— Você precisa desbloquear a velocidade presa no seu DNA! Um dia você estará bem mais rápido que o som, quem sabe? Quer aprender comigo ou não?

— Aprender a ser rápido assim?! Eu quero!

AML tentou o dia inteiro ser rápido, para pelo menos se defender de Dipper, sua mente mentia para ele: "Eu não vou conseguir, eu nem o vejo se mover!"; "Mas ele é... era para ele ser mais lento"; "Por que não consigo prever os seus ataques?", pensamentos que seus inimigos um dia iriam pensar. Dipper se frustrou no começo do treinamento, pois ele pensava que, por ser um biônico, deveria entender e realizar de forma mais rápida. Tanto Dipper quanto AML se sentiam fracassados por não alcançar os objetivos.

— Dipper, eu fui treinado em armas de fogo e não corpo a corpo! — AML diz estar decepcionado consigo mesmo.

— Então desperdiçaram você, um biônico capaz de levantar um tanque, mas não é capaz de se defender de um semideus no mano a mano.

— Então temos muito o que melhorar! — AML respondeu, com um sorriso no rosto.

Dipper antes de chamar AML, esperava um exército de um homem só, capaz de mudar o jogo para a sua equipe. Dipper estava decepcionado com a sua escolha.

Depois de quase 23h de treinamento, Dipper foi ao seu pai queixar-se de AML. Dipper esperava muito mais e nem ele sabia o porquê de haver escolhido tantas outras opções.

— Pai, ele é diferente do que eu imaginava, nas forças armadas ele era um dos melhores, mas aqui tem péssimo rendimento... eu simplesmente imaginei que AML286613 seria o que mudaria o nosso destino de derrota.

— Não pense assim, filho, ele se esforça muito, eu vejo isso nele.

— Esforço não é o que vai nos dar a vitória. E, aliás, esforço sem resultado já temos por aqui...

Enquanto isso, AML, que simplesmente passou no corredor para beber água, escuta parte do que Dipper dizia e, enfurecido, o interrompe.

— Se for para termos inimizade nessa p0##@, eu volto!

— Não será possível! Eles pensam que o senhor está morto.

— Como?

— Achou que não pensaríamos numa desculpa para ter você? Criamos um corpo com algumas peças biônicas e jogamos no mar da cidade de Paraíba. Mesmo que realmente quisesse, não poderia voltar à sua vidinha.

De cabeça baixa e sem ânimo algum, responde educadamente:

— Entendi.

— Acho que você não percebeu, está falando mais e mais palavras torpes do que antes.

— É o que, por... caramba, verdade!

— Você está fora do código biônico desde que suas memórias do seu antigo eu voltaram, pode falar palavrões, pode fazer atrocidades contra seus companheiros biônicos ou quem sabe até pode cortar grama.

— Você é um monstro, por que me obrigaria a fazer essas coisas?

— Obrigar? Pode fazer o que quiser, por estar solto do código, não preso em um novo. "Mas me sinto preso aqui", AML pensou.

AML volta para seu quarto, mas Wallker entra e vê a tristeza em seu olhar.

— Tá bem, mano?

— Não muito. O que seriam esses óculos em seu rosto?

— Ah, é o sistema Lincoln, é uma Inteligência Artificial, ou um mordomo digital, ele faz os cálculos da arma de portais.

— O que seria esse sistema?

— É um chip que fica instalado atrás da cabeça, numa parte de metal em seu crânio. Foi criado para isso, deveria ter instalado em você, esqueci feio isso, hahaha.

— ...

— Instalarei agora, então! Fica deitado de costas para cima, por favor.

AML se deita e Wallker sobe nele para instalar o Sistema Lincoln, mas Dipper abre a porta bem quando Wallker está em cima dele.

— O que está acontecendo aqui?

Wallker e AML respondem ao mesmo tempo:

— Não é nada que você está imaginando!

Dipper simplesmente fecha a porta com força e finge que não viu nada.

Depois de AML sangrar um pouco, pois Wallker abriu a pele dele, instala o Lincoln nele.

— Mas não mudou nada? — AML fala em completa dúvida.

— Fala "Lincoln"!

— Lincoln? — O sistema Lincoln se inicia e AML escuta uma voz grossa dizendo "Olá, mestre... como deseja ser chamado?"

— Senhor Mestre do universo? — Lincoln o questiona.

Capítulo 4

A dualidade de AML e o começo da amizade com Bill

4 de junho de 2040
(escrito no diário do biônico AML286613)

Dias se passaram e a minha mente está dividida, sinto que existem duas pessoas nesse corpo, quem fui e quem sou agora. Mas quem controlará o corpo? Me sinto completamente perdido, como se não adiantasse fazer nada... acho que no final das contas esses pensamentos vão chegar a lugar nenhum, vou fazer o que tenho que fazer e f0d@s#.

AML escrevia com uma raiva, se segurando para não gritar, quando Bill o olha e responde seus pensamentos.

— *Imagino como se sente, filho, foi jogado numa realidade pela qual não queria estar. Está dividido. Assistindo à paisagem através dessa janela.*

— Você consegue ler meus pensamentos? É um poder divino?

— *HAHAHA. Não! Não tenho o poder de tal ato, apenas estou lendo seu rosto, nada mais! Está atormentado, filho, eu* deixo você gritar! Pode não acreditar em mim, mas não somos tão diferentes. Li sua história no scanner de lembranças, aquele que lhe libertou do Código Biônico (...).

AML escutava, pois estava interessado no que ele poderia falar.

— Pegue isso!

Bill deu outro *scanner* a AML.

— E o que faço com isso? — AML perguntou.

Bill sorriu e disse:

— Veja um pouco de mim!

AML liga o *scanner* e começa a ver as lembranças de Bill.

Ele vê Bill se olhando num espelho; de um lado Bill Star, do outro quem Bill era, é revelado para AML o verdadeiro nome do deus. Thor Skyline, considerado um deus fraco pela sua própria família. Thor sofreu o que hoje conhecemos como *bullying*, isso pelos próprios irmãos e seu pai, mas apesar disso era fiel à sua família. Um dia, Thor desobedeceu a seu pai. Thor estava sendo obrigado a se casar com sua prima por um acordo de paz entre os **Jotuns**, mas ele viu que ela, Laufey, estava apaixonada por alguém, apesar de não saber quem era. Por isso, não foi se casar com ela. Ele foi amaldiçoado e exilado em Midgard. Passaram-se sete dias, mas Thor não sabia o idioma local, com fome, sede e um cansaço pelo sol quente em cima dele, sentou-se, esperando a morte, mas quando menos esperava, um mortal chega nele e pergunta: "Você quer comer algo?". Thor o respondeu: "Como *sabe meu idioma?*". O mortal fala que é um grande cientista e que percebeu o padrão em sua fala murmurando sozinho e conseguiu decifrar, criando um tradutor. O mortal diz que Thor tinha o rosto de nome Bill e pergunta seu nome. Thor, receoso, disse Bill, e assim o deus Thor assumiu o nome de Bill... voltando para o espelho, Thor pergunta a Bill o porquê de ter se acomodado em sua prisão e não ter arrumado uma forma de voltar para casa. Bill diz: "*O MEU LAR É ESSE!*".

AML tira o *scanner* e diz:

— Bill, obrigado! Seu segredo ficará comigo.

Capítulo 5

A primeira missão de AML

Seis longos meses se passaram e o biônico não havia saído da casa de Dipper. AML estava deitado no sofá em completo tédio quando Dipper o chamou de longe:

— SENHOR ML, VENHA CÁ.

AML vai correndo em direção ao cômodo onde o jovem Dipper estava:

— Senhor Dipper? — AML fala, receoso.

— Finalmente, você veio. — Dipper exala, aliviado, antes de encarar AML com seriedade. — Tenho uma missão para você.

Ele se aproxima e coloca um pequeno dispositivo holográfico sobre a mesa, ativando um mapa detalhado.

— Você vai se infiltrar em uma base militar disfarçado de faxineiro e roubar dois dispositivos contendo informações vitais. Esses dados revelam a localização do governante da nossa província. Descobrimos que ele estará presente em um evento... digamos, uma "exposição de arte" — Dipper faz aspas no ar, seu tom carregado de ironia — na região de NeoLisboa.

Ele cruza os braços, lançando um olhar firme para AML.

AML, com dúvida, pergunta:

— Mas você sabe onde vai estar então para que eu...

Dipper o interrompe com o dedo em sua boca:

— Não é o real o governante que vai estar na exposição, É UM ATOR, UM FANTOCHE. Você vai atrás do VERDADEIRO governante para interrogá-lo, ENTENDEU?

— Com quê perguntas?

— Eu mandarei no seu Lincoln, até segunda ordem, vá lá!

— Certo!

Quando AML estava saindo, Dipper o chama atenção.

— O Killer vai com você, não quero que fuja! Okay?

A ideia de fuga nem havia passado em sua mente. Killer abre um sorriso ao lado de Dipper e, assim que sai da casa, o tira.

— Acho que vou ter que ser sua babá! — fala com certa raiva.

O biônico nem abriu a boca para falar, ele tinha medo de Killer, afinal, quem tem um apelido desses? Killer abre um portal na parede da casa ao lado. AML, vendo pela primeira vez um portal em sua vida, pergunta a Killer

— Como você abriu isso?

E é respondido com um:

— Nunca tinha visto um portal antes?

Ao passar pelo portal, AML percebe que estão a quilômetros do local e questiona o seu colega:

— Killer, por que estamos tão longe do local?

— Sr. ML... você sabe como funciona a arma de portais? A abertura do entre reinos da Yggdrasil?

— Nã...

— Eu sei que não sabe... Tirando os cálculos que a IA do Lincoln faz, ela funciona com base em frequência sonora em superfície. São frequências que nós, humanos, não conseguimos escutar, mas estão lá. Quando uma frequência maior atinge a superfície, impede o uso de portais, o local que nós vamos tem estações de rádio, impedindo o uso da arma de portais.

Depois da explicação, AML continuou calado e seguiu andando para o local do objetivo com Killer.

Capítulo 6

A reviravolta

AML observava a base à distância, seus olhos biônicos analisando cada detalhe. A fachada era comum, de um prédio de escritórios. Mas, na verdade, escondia uma base governamental gigantesca. Ele ajustou o boné de faxineiro na cabeça, tentando se misturar ao ambiente. "Lembre-se, AML", murmurou para si mesmo, enquanto ajustava o equipamento de limpeza, "mantenha a calma, siga o plano e nada pode dar errado". Ao lado dele, Killer parecia impaciente, os olhos afiados como lâminas. Mesmo em silêncio, AML sentia a tensão emanada do seu companheiro. Sabia que Killer estava ali para garantir que ele não fugisse, mas a presença do agente tornava a missão cada vez mais desafiadora. Assim que entraram na base, AML percebeu o quão bem guardada era. Sentinelas humanas patrulhavam os corredores, e as câmeras cobriam cada ângulo possível. Fingindo desinfetar uma área próxima ao elevador, AML viu pelo canto do olho um grupo de soldados discutindo algo em tom baixo. Ele ativou Lincoln e começou a captar as conversas ao redor.

"Nunca o governante verdadeiro e nem o falso estariam em um lugar como este", uma voz sussurrava; "Ele está bem protegido na Capital, no Rio de Dezembro. Isso aqui é só uma distração".

AML congelou. Algo estava errado. Muito errado. De repente, uma notificação discreta apareceu no visor do Lincoln: *Risco elevado de detecção. Proceda com cautela.* Ele olhou para Killer, que estava mais adiante, parecendo alheio à tensão crescente. AML sabia que tinha pouco tempo para agir antes que fosse tarde demais. Ele se aproximou do agente, tentando parecer tranquilo.

— Killer — AML começou em tom baixo — precisamos revisar o plano. Algo não está certo.

— Revisar o plano? — Killer respondeu alto, levantando uma sobrancelha. — O que você está falando, Sr. ML? Só siga o *script*.

Antes que pudesse responder, AML notou a arma de portais de Killer presa ao cinto do agente. Era agora ou nunca. Fingindo um tropeço, AML esbarrou em Killer e, em um movimento rápido, pegou a arma de portais sem que ele percebesse.

— Você vai me desculpar? — disse AML, fingindo constrangimento enquanto começava a se afastar lentamente. De repente, Lincoln vibrou com força. *ALERTA: Inimigos se aproximando!* AML não teve escolha. Ele rapidamente ativou a arma de portais, apontando para uma parede próxima.

— Mas que p0##@ você está fazendo? — gritou Killer, percebendo tarde demais. AML não respondeu; ele lançou Killer no portal com um empurrão rápido antes que o agente pudesse reagir. Jogou a arma de portais em Killer e disse:

— Vou terminar a missão.

O portal se fechou na frente de Killer, deixando AML sozinho na base. Ele sabia que tinha poucos minutos antes que a segurança viesse. Com o coração acelerado, AML se dirigiu para o núcleo de dados onde os dispositivos estavam guardados. O plano original estava arruinado, mas AML sabia que ainda havia uma chance de completar a missão. Ele só precisava ser rápido, silencioso e, acima de tudo, preciso.

AML se movia com precisão, os passos silenciosos como os de um felino, enquanto se aproximava do núcleo de dados. A porta de segurança, que ele tanto esperava encontrar, fortemente vigiada, estava aberta e sem guardas à vista. Estranhando a ausência de qualquer resistência, ele adentrou o local, apenas para encontrar a sala completamente vazia. Seus olhos biônicos escanearam o ambiente, detectando apenas o zumbido suave das máquinas em funcionamento. Os dispositivos que ele deveria roubar estavam a alguns metros à frente, intactos e à sua espera. AML deu alguns passos cautelosos em direção a eles, mas algo não parecia certo. O silêncio era perturbador, quase ensurdecedor. De repente, antes que pudesse reagir, uma descarga elétrica brutal percorreu seu corpo. Cada fibra sintética e cada circuito dentro dele queimava com a intensidade do choque. AML caiu de joelhos, sentindo os sistemas internos falharem, sua visão escurecendo rapidamente. Enquanto sua consciência escapava, uma imagem invadiu sua mente: sua mãe. Ela estava ali, como em uma lembrança distante, mas tão vívida quanto o presente. Seu rosto sereno e sua voz suave o envolviam, trazendo um último suspiro de lucidez.

"Você é aquele que possui a escolha", ela dizia, o olhar cheio de amor e sabedoria, "Saiba que é capaz de salvar ou destruir o mundo".

Essas palavras ecoaram em sua mente enquanto ele perdia a consciência, o peso da responsabilidade se instalando profundamente em seu ser. E então, tudo se apagou.

Capítulo 7

A morte de um biônico

AML despertou lentamente, com a cabeça latejando e a visão turva. Quando seus olhos se ajustaram à luz, ele percebeu uma figura familiar à sua frente. Antes que pudesse reagir, um tapa violento atingiu seu rosto, ecoando pelo ambiente metálico da base. O impacto foi tão intenso que AML quase perdeu a consciência novamente, ele estava amarrado em uma cadeira de madeira. LFV, seu antigo amigo e companheiro de batalhas, estava ali, olhando para ele com uma mistura de incredulidade e ódio. AML, ainda confuso, tentou entender o que estava acontecendo, mas antes que pudesse formular uma pergunta, LFV o interrompeu com uma voz amarga e cheia de ressentimento.

— Não acredito que é você — disse LFV, as palavras pesadas com anos de mágoa contida. — Você... traidor. Como pôde fazer isso com a gente?

AML tentou se defender, mas sua voz estava fraca, quase inaudível. Ele sabia que palavras não seriam suficientes para explicar tudo o que havia acontecido. Em um último esforço desesperado, começou a sussurrar um código binário, um código que Dipper havia criado e que havia libertado o Sr. ML e que ele apenas havia decorado, e agora, estava repetido. Ele não sabia se funcionaria, mas era sua única chance. LFV continuava a socar

AML com uma fúria cega, sem perceber o que aquelas palavras estavam fazendo. Para ele, eram apenas sons sem sentido, mas algo dentro dele começava a se agitar, como se uma parte de sua programação estivesse reagindo. De repente, AML parou de recitar o código. Houve um instante de silêncio absoluto, como se o tempo tivesse parado. Então, LFV sentiu uma onda de choque percorrer seu corpo. Sua mente, antes dominada pela raiva e pelo Código Biônico, começou a clarear. Ele parou de bater em AML, cambaleando para trás, confuso. As memórias começaram a surgir, fragmentadas, mas inconfundíveis. A programação que o controlava foi quebrada, e ele começou a se lembrar de quem realmente era. Lágrimas encheram seus olhos, enquanto ele olhava para AML com uma mistura de choque e dor.

— Onde está Luís? — perguntou, sua voz tremendo.

AML, ainda amarrado, respirando com dificuldade, respondeu:

— É... você LFV. Luís... sempre foi você.

A verdade atingiu LFV como um golpe mortal.

— TRAIDOR! SEU FILHA DA PµT@ — gritou ele, cheio de raiva e mágoa, e começou a bater em AML novamente, mas agora com a plena consciência de quem ele estava atacando. Cada soco era uma descarga de dor, tanto física quanto emocional, para ambos.

No entanto, a raiva acumulada em AML durante todos esses anos começou a despertar algo dentro dele. Suas mãos começaram a esquentar, e, antes que pudesse perceber, chamas começaram a envolver seus punhos.

A cadeira em que estava sentado e amarrado foi destruída com apenas um grito.

AML agarrou os pulsos de LFV, interrompendo os golpes com uma força que ele nem sabia que possuía. As chamas em suas mãos queimavam com uma intensidade aterrorizante, refletindo não só a raiva, mas também a dor profunda que ele havia reprimido por tanto tempo. Ele olhou para LFV, não mais com o olhar de um amigo perdido, mas com o de um guerreiro traído, alguém que não podia mais perdoar. A fúria avassaladora tomou conta de AML. A lembrança de todas as traições, do sofrimento que havia suportado, e da dor que agora sentia por ter que confrontar alguém que um dia foi tão importante para ele, convergiram em um único ponto: ele não poderia poupar LFV. Não havia mais espaço para misericórdia ou redenção. Com um grito primitivo, as chamas em seus punhos cresceram, transformando-se em uma fúria ardente que consumia tudo ao seu redor. AML apertou os pulsos de LFV com tanta força que ele caiu de joelhos, sentindo o calor mortal que emanava de AML.

— Eu não posso perdoar você, LFV — AML rosnou, sua voz distorcida pela raiva.

Sem hesitar, AML canalizou toda a sua raiva nas chamas, que agora não eram apenas fogo, mas uma manifestação física de sua vingança. Ele sabia que esse era o ponto de 'não retorno', mas naquele momento, a fúria falava mais alto. LFV olhou para AML, seus olhos finalmente refletindo o medo, antes de ser consumido pelas chamas, sem chance de redenção.

Após o confronto devastador com LFV, AML respirou fundo, tentando acalmar as chamas que ainda ardiam em seus punhos e braços. Ele sabia que a missão ainda não havia terminado; havia algo que ele precisava roubar antes de sair daquele lugar para sempre. Sem perder mais tempo, começou a vasculhar a base em busca dos dados cruciais que Dipper havia mencionado. O ambiente ao seu redor estava sombrio, as luzes piscavam ocasionalmente, refletindo o caos que acabara de causar. AML moveu-se rapidamente pelos corredores, suas habilidades de combate ainda em alerta máximo. Cada passo ecoava nas paredes metálicas, mas ele ignorou a sensação de estar sendo observado. Seu foco estava inteiramente na missão. Finalmente, AML chegou ao núcleo de dados. A sala era um centro de alta segurança, repleta de terminais e servidores que armazenavam informações valiosas. Ele se aproximou de um dos principais computadores, conectando o Lincoln para iniciar a extração dos dados. Enquanto Lincoln trabalhava, AML sentiu uma sensação estranha, como se algo estivesse fora do lugar. O ambiente estava quieto demais, e isso o deixou inquieto. Ele deu alguns passos, observando ao redor, mas não viu nada fora do comum. Quando voltou sua atenção para o terminal, uma descarga elétrica repentina percorreu seu corpo. AML caiu de joelhos, seus músculos se contraindo involuntariamente. A dor era intensa, e ele lutava para manter a consciência. Seus pensamentos foram para sua mãe, sua voz suave dizendo: "*Você é aquele que possui a escolha, saiba que é capaz de salvar ou destruir o mundo*". Essas palavras ecoaram em sua mente enquanto a escuridão o consumia. Mesmo em meio à dor e à incerteza, uma determinação inabalável permanecia dentro dele. AML sabia que, de alguma forma, ele ainda tinha uma missão a cumprir, e que, independentemente do que acontecesse, ele não iria falhar. Ele se levantou com dificuldade, sentindo a dor em cada movimento, e tentou avaliar a situação. Com um esforço, ele ativou o Lincoln e fez uma chamada para Dipper.

— Dipper, estou em apuros. Preciso de uma forma de sair daqui. — A voz de AML estava fraca, e ele tremia de frio e de dor.

Dipper respondeu rapidamente, sua voz estava clara e assertiva, apesar do tom urgente.

— AML, ouça. As torres de rádio ao redor da base estão bloqueando os portais. Para abrir uma rota segura para você, você precisa destruí-las primeiro. Assim, eu posso abrir um portal para a sua saída.

AML olhou ao redor e viu os sinais das torres de rádio, cada uma emitindo um brilho fraco. Ele sabia que precisava agir rápido. Sem perder tempo, ele se preparou para a tarefa, ciente de que não podia ficar ali por muito mais tempo. Apesar da falta de roupas, já que elas queimaram em sua ira, sua determinação estava mais forte do que nunca. AML usou sua força residual e seus punhos inflamados para atacar as torres. As chamas queimavam com intensidade, derretendo e destruindo os equipamentos das torres um a um. O barulho dos equipamentos estourando ecoava pela base, e cada explosão parecia levar um pouco da pressão que AML sentia. Com as torres finalmente destruídas, AML acionou novamente o Lincoln e entrou em contato com Dipper.

— As torres estão fora do caminho. Abra o portal!

Dipper não hesitou. Alguns segundos depois, um portal se abriu à frente de AML. Ele avançou em direção à saída, sua mente já planejando o próximo passo, e atravessou o portal, desaparecendo da base devastada.

Capítulo 8

A profecia de Asgard

Dipper estava furioso. O poder que Gabriel, agora conhecido como AML, havia demonstrado era algo além de sua compreensão, algo que ultrapassava tudo o que ele já tinha visto em sua vida. Ele precisava entender de onde vinha aquela força incomum. Decidido, Dipper iniciou uma investigação para descobrir a origem familiar de Gabriel. Após realizar um teste de DNA, Dipper descobriu que a mãe de Gabriel era uma Anã e Celestial, enquanto o pai era mortal. Essa revelação apenas aumentou sua inquietação. O que significava ser metade Anã, metade Celestial? Que tipo de poder isso conferia a Gabriel? Dipper sentia que estava apenas arranhando a superfície de algo muito maior.

Foi então que o pai de Dipper, um homem sábio e conhecedor das antigas lendas, decidiu falar:

— *Em Asgard, havia uma profecia, meu filho* — começou ele, com uma expressão grave no rosto. — *Dizia-se que um INFINITY, a mistura de todas as raças, nascido em Midgard, o multiverso mortal, se tornaria o ser mais poderoso de toda criação. Ele seria aquele que teria o poder de escolha, destruir ou salvar a criação do Ragnarok.*

Dipper ficou em silêncio, absorvendo as palavras de seu pai. A profecia parecia encaixar-se perfeitamente com o que havia descoberto sobre Gabriel. A mistura das raças, o poder incomensurável, a capacidade de destruição ou salvação... Gabriel poderia ser esse INFINITY. O peso da situação caiu sobre Dipper como uma tonelada. Se a profecia fosse verdadeira, Gabriel não era apenas um biônico tentando recuperar sua humanidade. Ele era algo muito mais perigoso e crucial para o destino de todos os universos. E Dipper sabia que teria que fazer de tudo para controlar esse poder... ou impedir que ele se voltasse contra toda a criação. Dipper, ainda incrédulo, observa a tela com os resultados do DNA de Gabriel, revelando a origem mista de sua mãe, uma Anã e Celestial, e de seu pai mortal. Ele esfrega o rosto com as mãos, tentando compreender o que tudo aquilo significava. O poder que Gabriel havia manifestado na missão anterior era algo além do que ele poderia imaginar, e agora, sua curiosidade o consumia.

— Pai, isso não faz sentido — Dipper comenta, ainda olhando para os dados no monitor. — Ele não pode ser o Infinity, falta um componente no DNA.

O pai de Dipper, um homem mais velho com olhos que pareciam carregar o peso de incontáveis segredos, se aproxima calmamente.

— *É possível que um mortal se torne um semideus, Dipper. Mas para alcançar os poderes de um deus, ele precisaria fazer algo... extremo.*

— O quê? — Dipper pergunta, a voz carregada de ansiedade.

— *Teria que matar um deus.*

O silêncio que se segue é pesado. Dipper encara o pai, buscando alguma pista de que ele estava brincando, mas a seriedade em seus olhos confirma o pior.

O pai de Dipper apenas acena, ciente de que os próximos passos seriam cruciais para o destino de todos.

Enquanto Dipper ainda estava processando a revelação sobre AML, Bill, seu pai, estava com seus olhos brilhando com uma curiosidade sinistra.

— Esse poder... — Bill começa, sua voz ecoando como um sussurro frio.

— *Eu já vi isso antes.* — Dipper e seu pai viraram-se para encará-lo, confusos e alarmados ao mesmo tempo.

— Como assim, pai? — Dipper pergunta, tentando esconder o nervosismo.

Bill se aproxima lentamente, seus olhos fixos nos dados de AML na tela. Ele parece estar imerso em suas próprias lembranças, como se estivesse revivendo um passado distante.

— *Esse poder, essa chama ardente de destruição...* — Bill continua. — *Pertencia a alguém que eu conhecia muito bem. Meu antigo irmão.*

Dipper arregala os olhos, e seu pai franze o cenho em incredulidade.

— Quem?

O pai de Dipper repete, a voz carregada de descrença.

— *Meu irmão Magne, mas seu avô... matou ele. Isso não é possível.*

Uma dúvida surgiu em Bill, o antigo Thor. Ele começou a questionar se, de fato, seu pai, Odin, havia realmente matado seu irmão Magne, ou se algo diferente havia acontecido. A incerteza crescia em seu coração, e ele não conseguia afastar a sensação de que havia mais naquela história do que lhe foi contado. Bill olhou para o pai de Dipper, sua mente trabalhando em possibilidades que ele nunca antes considerara. Se Magne ainda estivesse vivo, o que isso significaria? E como o poder de AML se conectava a tudo isso? A necessidade de descobrir a verdade tornava-se cada vez mais urgente.

— *Será que meu pai...* — Bill murmurou para si mesmo, mas alto o suficiente para que os outros pudessem ouvir. — *Será que Odin fez outra coisa com ele, em vez de matá-lo?*

Enquanto isso, AML dormia profundamente, exausto após tudo o que havia acontecido. O cansaço físico e emocional o havia levado a um sono pesado, onde as preocupações e lutas que enfrentara pareciam distantes, como se pertencessem a outra vida. Ele não fazia ideia das discussões que Dipper e seu pai estavam tendo, nem das revelações inquietantes sobre sua origem e o poder que ele havia despertado. Naquele momento, Gabriel, o homem por trás do biônico, estava apenas em busca de um pouco de paz, mesmo que fosse apenas nos sonhos.

Capítulo 9

O passado, a criação de uma irmandade

Alguns dias depois do último evento, AML se encontrava mais descansado, embora ainda confuso com tudo o que havia ocorrido. A base estava relativamente tranquila, e ele decidiu explorar um pouco mais do lugar que agora chamava de "casa".

Caminhando pelos corredores, AML ouve vozes familiares e risadas vindas de uma sala próxima. Ao se aproximar, percebe que Wallker, Killer e Fun estão sentados ao redor de uma mesa, jogando baralho e conversando animadamente.

— Olha só quem apareceu! — diz Wallker, acenando para AML.

— Vem, Gabriel... quer dizer, AML. Junte-se a nós.

AML hesita por um momento, mas a camaradagem no ar o faz ceder. Ele se senta na cadeira vazia e observa o jogo por alguns minutos antes de se envolver na conversa.

— Estávamos falando sobre como nossas vidas eram antes de Dipper nos encontrar — explica Fun, embaralhando as cartas.

Wallker, um tanto nostálgico, decide começar.

— Eu... Meu nome é Gustavo, eu era um hacker — diz ele, com um meio sorriso. — Um dos melhores, diga-se de passagem. Eu roubava informações sigilosas do governo e vendia para as resistências. Ganhei muito dinheiro, mas também muitos inimigos assim. — Ele pausa, o olhar distante. — Um dia, o governo bateu à minha porta. Não tive como fugir. Fui preso e levado a julgamento. Achei que era o fim, mas, então, Dipper apareceu. Ele me tirou de lá sem deixar vestígios. A partir daí, minha vida mudou completamente.

Killer solta uma risada amarga, como quem recorda algo sombrio.

— No meu caso, as coisas foram um pouco diferentes — começa, os olhos fixos nas cartas em sua mão. — Eu, Henrique, sofri *bullying* durante toda a minha infância. Chegou um ponto em que eu não aguentava mais. Então, num dia de fúria cega, me vinguei. Fiz algo terrível, algo que me condenou. Fui preso, e a morte parecia inevitável.

Killer faz uma pausa, o tom mais sério.

— Dipper me encontrou antes que fosse tarde demais. Ele me deu uma segunda chance... e agora estou aqui.

AML escuta com atenção, sentindo o peso das histórias de seus companheiros. Quando todos olham para ele, ele respira fundo e começa a contar a sua própria.

— Eu era feliz... — diz, a voz um pouco trêmula. — Meu nome era Gabriel. Tinha uma vida comum, uma família que amava. Mas tudo mudou no dia em que a polícia invadiu minha casa. Fui acusado de um crime que não cometi... o assassinato da minha irmã mais nova. — Ele abaixa a cabeça, as memórias pesando sobre ele. — Fui condenado e minha vida, minha identidade, foi roubada. Eles me transformaram no que sou hoje... uma arma.

Todos ficam em silêncio por um momento, absorvendo o peso das palavras de AML.

Finalmente, Fun quebra o silêncio.

— Eu perdi minha família num incêndio — diz ele, a voz baixa. — Fiquei sozinho... até que Dipper me encontrou e me adotou. Ele me deu um novo lar, uma nova família.

Os quatro ficam em silêncio por alguns instantes, cada um perdido em seus pensamentos, refletindo sobre como suas vidas foram moldadas por dor, perda, mas também por uma estranha forma de redenção trazida por Dipper.

A conversa, embora dolorosa, fortalece o laço entre eles. Cada um ali tem cicatrizes profundas, mas juntos, formam uma espécie de família, unida por destinos cruzados e um líder improvável que lhes deu uma nova chance. AML permaneceu em silêncio por alguns instantes, ainda digerindo o peso das histórias compartilhadas ao redor da mesa. Ele olhou para cada um de seus companheiros, sentindo uma conexão que nunca havia sentido antes. Todos ali eram sobreviventes de tragédias pessoais, unidos por circunstâncias que não escolheram, mas que agora compartilhavam.

— Eu nunca imaginei que todos aqui tivessem histórias tão pesadas AML finalmente disse, sua voz carregada de empatia.

— Às vezes, é fácil esquecer que todos nós fomos moldados por algo antes de chegarmos até aqui. — Wallker assentiu, cruzando os braços sobre a mesa.

— Ninguém sai ileso das coisas que passamos, AML. Mas é o que fazemos com essas cicatrizes que define quem nos tornamos. Dipper viu algo em cada um de nós, algo que nem nós mesmos conseguíamos enxergar.

— Mas e agora? — Fun perguntou, a expressão séria.

— Sabemos que Dipper nos deu uma segunda chance, mas até quando? O que vem depois de tudo isso? — Killer lançou um olhar reflexivo para a mesa, as cartas esquecidas em suas mãos. — Vivemos com uma missão constante disse ele, sua voz mais suave do que o normal.

— Não se trata apenas de sobrevivência. Estamos aqui por um motivo maior. Dipper pode ter nos salvado, mas também nos colocou em um caminho que pode ser ainda mais perigoso do que o que enfrentávamos antes.

AML sentiu um peso maior em seus ombros. Ele estava acostumado a seguir ordens, a lutar sem questionar, mas agora via que havia mais em jogo do que simplesmente cumprir missões. Ele era parte de algo maior, algo que envolvia todos ao seu redor.

— Eu nunca pedi para ser o que sou — AML confessou, seus olhos fixos na mesa. — Mas agora, vejo que tenho uma escolha. Não posso mudar o que aconteceu no passado, mas posso escolher o que fazer daqui pra frente. Não sei o que o futuro nos reserva, mas sei que não quero mais viver como uma arma.

Fun sorriu, um sorriso triste, mas cheio de determinação.

— E você está sozinho nisso? Estamos todos juntos nessa, por mais difícil que seja. Não sei onde tudo isso vai dar, mas sei que prefiro estar aqui, com vocês, do que enfrentar o que quer que seja sozinho.

Wallker, Killer e Fun assentiram, cada um absorvendo as palavras de AML. A partir daquele momento, o que antes era apenas um grupo de sobreviventes se transformou em uma verdadeira irmandade, fortalecida não só pelas cicatrizes do passado, mas pela vontade de lutar por um futuro incerto, mas que agora enfrentariam juntos. O jogo de cartas continuou, mas o clima havia mudado. Não era mais apenas um passatempo para esquecer as dores do dia, mas um momento de união e compreensão mútua. E enquanto as cartas eram distribuídas novamente, uma coisa era certa: não importava o que viesse pela frente, eles enfrentariam juntos, como uma família improvável, mas real.

Capítulo 10

A volta ao treinamento

Após dias de tensão e incerteza, Dipper finalmente se sentia mais calmo. Ele sabia que, para enfrentar os desafios que estavam por vir, precisava agir de forma estratégica e controlada. Decidiu que era hora de intensificar o treinamento de AML, ajudando-o a alcançar todo o seu potencial. Dipper encontrou AML descansando em um dos corredores da base.

— Gabriel, venha comigo. — Chamou, usando o nome humano do biônico, algo que raramente fazia.

AML levantou-se rapidamente, curioso e um pouco apreensivo. Quando chegou ao centro de treinamento, Dipper já o esperava, ajustando as ataduras em suas mãos e posicionando os sacos de pancada.

— Hoje vamos trabalhar no básico — explicou Dipper, seu tom mais firme do que o habitual. — Força, velocidade e estratégia. Tudo o que um verdadeiro guerreiro precisa.

AML assentiu em silêncio, sua determinação evidente. O treinamento começou com o boxe, focando na precisão e no impacto dos golpes. Cada soco era meticulosamente corrigido por Dipper.

— Concentre-se na força e na velocidade, Gabriel. Não adianta ter poder se não souber quando e como usá-lo.

AML absorvia cada instrução, executando os movimentos com crescente confiança. Depois de consolidar os fundamentos, Dipper introduziu técnicas de Taekwondo, mostrando a importância dos chutes rápidos e precisos.

— Use seus pés como uma extensão de seus punhos. Não desperdice movimentos — disse, demonstrando um chute alto que deixou uma marca no saco de pancadas.

A sessão avançou para o Muay Thai, onde Dipper ensinou a AML a usar cotovelos e joelhos como armas mortais. A cada movimento, AML se tornava mais fluido, mais confiante, embora o suor escorresse por seu rosto e seus músculos tremessem com o esforço. No meio do treino, Killer apareceu, encostando-se no batente da porta e observando em silêncio por alguns minutos antes de interromper.

— Está faltando algo — disse ele, cruzando os braços.

Dipper parou e olhou para Killer com curiosidade.

— Algo como o quê? — perguntou.

Killer deu um sorriso de canto e apontou para AML.

— Essas técnicas são boas, mas você poderia torná-las ainda melhores. Que tal adicionar facas retráteis que saem da cintura para os punhos? Ele teria mais opções de ataque em combate corpo a corpo.

AML, suado e visivelmente exausto, olhou para Dipper, buscando aprovação. O olhar de Dipper era analítico, como se já estivesse imaginando as possibilidades. Ele finalmente assentiu.

— Isso pode ser útil, Killer. Mas antes de adicionar qualquer coisa, Gabriel precisa dominar as bases. Sem fundamentos sólidos, qualquer arma será inútil.

Killer deu de ombros, mas não escondeu seu sorriso satisfeito.

— Só não demorem muito. Do jeito que as coisas estão, ele vai precisar de tudo o que puder carregar.

Com a sugestão anotada, o treino continuou. AML não estava apenas aprendendo a lutar; ele estava sendo moldado para pensar como um guerreiro. Cada golpe, cada movimento, tornava-o mais rápido, mais forte e mais consciente do que estava por vir. Ele sabia que não era apenas uma arma; era alguém em busca de redenção e controle sobre seu destino. Ao final do dia, exausto, mas determinado, AML olhou para Dipper com gratidão.

— Obrigado — disse ele, sua voz carregada de respeito.

Dipper, por sua vez, apenas sorriu levemente.

— Estamos apenas começando, Gabriel. A verdadeira batalha ainda está lá fora. Certifique-se de estar pronto quando ela chegar.

Com essas palavras ecoando em sua mente, AML deixou o centro de treinamento sabendo que estava mais preparado, mas consciente de que o caminho à frente seria longo e desafiador.

Capítulo II

Aperfeiçoando as técnicas

Os dias que se seguiram ao início do treinamento foram extenuantes. Gabriel, ainda se adaptando à sua identidade como AML, mergulhou de cabeça em cada sessão, absorvendo com fervor tudo o que Dipper e Killer tinham a ensinar. O centro de treinamento tornou-se seu refúgio, um lugar onde, ao menos por algumas horas, ele podia se esquecer da dor do passado e da incerteza do futuro. Dipper observava Gabriel de perto, ajustando o treinamento conforme sua evolução. Depois de dominar os fundamentos do boxe, Taekwondo e Muay Thai, ele começou a inserir combinações mais sofisticadas. As sessões testavam não apenas a força e a resistência física de Gabriel, mas também sua capacidade de pensar sob pressão.

— A luta não é só força — Gabriel dizia a Dipper, enquanto desferia um golpe veloz. Gabriel, com reflexos aguçados, bloqueou o ataque a tempo. — É estratégia. Antecipação. Você precisa prever o movimento do adversário antes mesmo que ele decida fazê-lo. — Os golpes de Dipper tornavam-se mais rápidos e imprevisíveis, forçando Gabriel a pensar e agir em um só instante. A cada erro, uma nova lição; a cada acerto, uma nova confiança se consolidava. Durante uma das sessões, Killer apareceu novamente, carregando uma pequena caixa de metal. Ele a colocou no chão com um sorriso enigmático antes de abri-la, revelando um par de facas retráteis.

— Aqui estão — disse Killer, erguendo uma das lâminas. O brilho do aço refletia a luz fria da sala.

— Leves, rápidas e mortais. Perfeitas para o seu estilo de luta. — Gabriel pegou as facas, sentindo o equilíbrio perfeito em suas mãos. Ele as prendeu nas alças recém-instaladas na cintura e testou o mecanismo. Com um simples movimento de contração abdominal, as lâminas deslizaram suavemente até seus punhos. Era como se as armas fossem uma extensão natural de seu corpo.

— Vamos ver do que você é capaz agora — provocou Killer, assumindo uma postura defensiva, um sorriso confiante no rosto.

— Tente me acertar.

Gabriel avançou, suas lâminas surgindo com um movimento rápido. Ele combinava golpes de socos e facas com precisão crescente, forçando Killer a se esquivar com habilidade. A intensidade de seus ataques aumentava a cada segundo, e a sala parecia pulsar com a energia do combate. Dipper, observando tudo de perto, percebeu a evolução de Gabriel. Seus movimentos estavam mais fluidos, seus golpes, mais calculados. Era como assistir a um quebra-cabeça se encaixar diante de seus olhos. Finalmente, Gabriel conseguiu encostar a ponta de uma das facas no pescoço de Killer, parando a tempo de evitar qualquer dano real. Killer ergueu as mãos em rendição, um sorriso satisfeito no rosto.

— Nada mal, garoto. Você está começando a pegar o jeito — admitiu, limpando o suor da testa.

Gabriel respirava fundo, sentindo a adrenalina ainda correr por suas veias. Aquele pequeno reconhecimento de Killer era mais do que suficiente para renovar sua determinação.

Dipper aproximou-se, com um raro sorriso de orgulho.

— Bom trabalho, Gabriel. Mas lembre-se: o que você aprendeu aqui é apenas o começo. A verdadeira batalha não será contra alguém disposto a parar. Ela será lá fora, onde não há margem para erros.

Gabriel assentiu, ciente da verdade nas palavras de Dipper. Cada treino era um passo mais perto de estar preparado, não apenas para o combate, mas para assumir controle sobre o próprio destino. Ele não era mais o Gabriel do passado, mas também não era apenas uma arma sem alma. Ele estava se transformando em algo novo, algo que apenas ele poderia definir.

Capítulo 12

O medo e a oportunidade

Dipper estava na cozinha, preparando um bolo enquanto o aroma doce preenchia a casa. AML, Killer, Wallker e Fun estavam na sala, aguardando ansiosamente para assistir a uma partida de futebol transmitida por holograma. Era um raro momento de descontração, um alívio temporário das tensões recentes. Quando a transmissão começou, todos se acomodaram. Mas a diversão foi abruptamente interrompida. A tela holográfica piscou e, em vez do jogo, surgiu a imagem de um noticiário urgente. As filmagens do assassinato de LFV eram exibidas, repetidamente. O narrador, com um tom grave, dizia:

— Quem seria esse ser mitológico que realizou tal ato? As câmeras de segurança não conseguiram identificá-lo, mas o impacto foi devastador. Um alerta foi emitido em toda a província.

Todos na sala ficaram em silêncio, as imagens perturbadoras refletidas em seus rostos. AML observava, imóvel, sabendo que era ele o centro daquela tempestade. Mas, ao mesmo tempo, sentia um peso imenso em seu peito. Dipper, com um sorriso calculado, interrompeu o silêncio:

— Eles já estão com medo. Podemos utilizar isso ao nosso favor! — disse, seus olhos brilhando com uma mistura de satisfação e determinação.

O narrador continuava:

— Se você souber quem é esse homem, denuncie-o e ganhe uma quantia inestimável de dinheiro.

Fun, sentado à mesa, não disse uma palavra, mas seus olhos cintilaram com um interesse súbito. Ele esfregou as mãos lentamente, como se estivesse ponderando algo, mas não revelou seus pensamentos para os outros. O ambiente estava tenso. Dipper cortou o bolo e entregou uma fatia para cada um, mas todos sabiam que o verdadeiro prato do dia era a decisão que precisavam tomar sobre os próximos passos. O medo havia se espalhado, e eles tinham que decidir como usariam isso para mudar o jogo a seu favor. AML, embora perturbado, sabia que a batalha pela sua humanidade e pela sobrevivência de todos eles estava apenas começando.

AML mastigava o bolo em silêncio, seu olhar fixo no holograma que ainda exibia as cenas do assassinato. Cada repetição da filmagem o fazia reviver aquele momento, o caos, a fúria que o dominara. Ele sentia uma mistura de arrependimento e aceitação; sabia que o caminho que escolhera não tinha volta.

Killer, sempre o pragmático, foi o primeiro a quebrar o silêncio:

— Se eles estão oferecendo uma recompensa, significa que estão desesperados. — Ele pegou sua fatia de bolo e deu uma mordida antes de continuar. — Podemos usar isso para criar distrações, falsas pistas. Jogar com o medo deles.

Wallker, que até então estava em silêncio, assentiu lentamente.

— Podemos manipular as informações. Eu ainda tenho alguns contatos nas redes clandestinas. Posso espalhar rumores, criar narrativas falsas. — Ele olhou para Dipper, esperando sua aprovação.

Dipper, com um sorriso que não alcançava seus olhos, assentiu.

— Façam isso. Mas com cautela. Não podemos nos expor mais do que o necessário. — Ele se levantou e olhou diretamente para AML.

— Gabriel, você sabe que agora está marcado. Eles não vão descansar até te encontrar. Mas isso não significa que devemos ficar apenas na defensiva. Vamos mostrar a eles que somos mais do que apenas mitos ou lendas urbanas. Somos a ameaça real.

AML apenas acenou com a cabeça, entendendo o peso das palavras de Dipper. Ele sabia que sua força, sua fúria, agora eram armas poderosas, mas perigosas. E que cada movimento a partir de agora precisava ser calculado com precisão.

Fun, que até então parecia distraído, finalmente quebrou o silêncio com uma pergunta simples, mas carregada de implicações:

— E se alguém de dentro nos trair? — Ele olhou ao redor, seus olhos percorrendo cada um dos presentes, como se pesasse suas lealdades.

Dipper não hesitou em responder:

— Então, aquele que trair pagará o preço. — Sua voz era fria, cortante como uma lâmina. — Mas tenho fé de que todos aqui entendem o que está em jogo. Não se trata apenas de nós, mas de algo muito maior. Quem quer que tenha a coragem de trair, deve estar preparado para enfrentar as consequências.

O silêncio voltou a dominar a sala, agora mais denso, carregado com o peso das decisões que precisavam ser tomadas. AML sentia o olhar de todos sobre si, mas não se permitiu fraquejar. Ele sabia que, apesar de tudo, ainda havia uma batalha interna a ser travada; uma batalha pela sua própria alma. A noite avançava, e com ela, a sensação de que o tempo estava se esgotando. Eles precisavam agir, e rápido. Mas AML sabia que, antes de qualquer coisa, precisava estar preparado para o que estava por vir. Afinal, a guerra não seria apenas contra os inimigos lá fora, mas contra os demônios que cada um carregava dentro de si.

Capítulo 13

A roupa à prova de fúria

Dipper passou os últimos dias trancado em seu laboratório, focado em um novo projeto. O incidente com LFV havia mostrado o potencial destrutivo da fúria de AML, e isso o preocupava. Não apenas pelo que Gabriel podia fazer aos outros, mas pelo que podia fazer a si mesmo. A destruição de suas roupas durante o confronto foi um sinal claro de que algo precisava ser feito. Certa noite, ele finalmente emergiu do laboratório, exausto, mas com um olhar de satisfação. Em suas mãos, ele carregava um conjunto de roupas incomum: uma camisa de manga comprida, uma calça e um par de botas. Tudo em um tecido preto fosco, que parecia absorver a luz ao invés de refletir. AML, que estava na sala ao lado, percebeu a presença de Dipper e se aproximou, curioso.

— O que é isso? — perguntou o biônico, observando atentamente o conjunto de roupas.

Dipper colocou as roupas sobre uma mesa e começou a explicar, com um tom sério.

— Essa é uma roupa especial, Gabriel. Passei os últimos dias desenvolvendo um tecido que pudesse resistir à sua·fúria, sem se desintegrar no processo. — Ele apontou para o tecido, que parecia tão comum, mas ao mesmo tempo tão distinto.

— Este material é à prova de fogo, cortes e, mais importante, à prova da sua fúria. — AML ergueu uma sobrancelha, impressionado.

— Isso é incrível, Dipper. Mas... por que tudo em preto? — Dipper deu um sorriso cansado.

— Esse é o único "problema". — Ele fez aspas no ar. — O tecido que desenvolvi tem uma propriedade peculiar: só pode ser tingido de preto. Nenhuma outra cor adere ao material. Tentei várias vezes, mas o resultado é sempre o mesmo. Então, você terá que se acostumar a vestir preto.

AML pegou a camisa e sentiu a textura suave, mas incrivelmente resistente do tecido.

— Não me importo com a cor. Se isso vai me proteger, é tudo o que importa. — Ele então olhou para Dipper com gratidão.

— Obrigado por pensar nisso.

Dipper apenas acenou com a cabeça.

— Isso não é apenas por você, Gabriel. É por todos nós. Precisamos garantir que você esteja preparado para qualquer situação, sem que precise se preocupar com as suas roupas se desfazendo no meio de uma luta. — Ele fez uma pausa, olhando seriamente para AML.

— Mas lembre-se, essa roupa não é indestrutível. Ela vai resistir, mas você ainda precisa manter o controle da sua fúria. — O biônico assentiu, entendendo a responsabilidade que vinha junto com a nova vestimenta. Ele sabia que, apesar da proteção que agora tinha, o verdadeiro desafio ainda estava em seu interior.

— Eu vou me lembrar disso, Dipper. E vou me certificar de usar meu poder apenas quando realmente precisar.

Dipper sorriu levemente, satisfeito com a resposta de AML.

— Espero que nunca precise usá-la ao máximo, mas se precisar, ela estará pronta. Assim como você deve estar.

Gabriel vestiu a camisa preta, sentindo-se protegido e, ao mesmo tempo, consciente do peso que carregava. A calça e as botas completaram o conjunto, tornando-o não apenas uma arma em batalha, mas também um símbolo da disciplina e do controle que ele precisava alcançar. Dipper olhou para AML, agora vestido com a nova roupa, e soube que, apesar dos desafios à frente, Gabriel estava cada vez mais preparado para enfrentá-los.

Capítulo 14

O Bom Biônico

Após dias intensos de treinamento e planejamento, Dipper finalmente deu uma folga para AML e o restante da equipe. Era uma oportunidade rara, mas necessária, para que todos pudessem recuperar suas forças e refletir sobre os próximos passos. Gabriel, agora vestido com sua nova roupa à prova de fúria, decidiu que era hora de sair e tentar encontrar respostas sobre seu passado. Ele não tinha uma missão específica, mas algo dentro dele o impulsionava a buscar sua antiga família, saber o que havia acontecido com eles desde que foi transformado em AML.

Ele caminhou pelas ruas da cidade, que ainda exalava a mistura de modernidade e decadência típica de New Portugal. Memórias fragmentadas de sua vida como Gabriel emergiam conforme ele percorria ruas e lugares que um dia lhe foram familiares. No entanto, nenhum vestígio concreto o guiava até sua família. A cada porta que batia, a cada olhar que cruzava, a esperança se desfazia um pouco mais. Era como se o tempo e as circunstâncias tivessem apagado qualquer rastro da vida que ele outrora conheceu.

Cansado e frustrado, Gabriel começou a fazer o caminho de volta para a base, seu espírito abatido pela falta de respostas. Mas no caminho, algo chamou sua atenção: sons de gritos e tiros ecoando pelas ruas estreitas de um bairro próximo. Movido pela curiosidade e pelo senso de justiça que ainda carregava, ele seguiu os sons até um beco iluminado apenas pelas luzes fracas dos postes. Lá, viu um grupo de biônicos, claramente em missão, executando civis que haviam tentado se manifestar contra o governo opressor. A cena o encheu de revolta; ele não podia simplesmente ficar parado e assistir àquilo. Sem hesitar, Gabriel lançou-se contra os biônicos, que foram pegos de surpresa por sua intervenção. Usando as habilidades que Dipper havia lhe ensinado, ele lutou com precisão, derrubando um a um com golpes certeiros. Os biônicos, programados para obedecer a ordens sem questionar, não conseguiram resistir à ferocidade e à técnica de AML. Quando o último biônico caiu, os civis restantes olharam para Gabriel com uma mistura de medo e esperança. Era incomum, quase impensável, que um biônico atacasse outros biônicos para salvar humanos. Mas ali estava ele, o único sobrevivente biônico daquela batalha, e ele não era como os outros. Ele era diferente. Os rumores começaram a se espalhar rapidamente por New Portugal. As pessoas falavam de um biônico que havia desafiado suas ordens para salvar vidas humanas, um biônico que agia com mais humanidade do que muitos dos próprios homens. Alguns o chamavam de "O Bom Biônico", enquanto outros, mais supersticiosos, acreditavam que ele era uma espécie de anjo mecânico, enviado para proteger os inocentes.

Gabriel, no entanto, não estava interessado em lendas ou títulos. Para ele, aquilo foi simplesmente o que precisava ser feito. Mas a semente estava plantada. A história do Bom Biônico começou a se espalhar; primeiro pela cidade, depois pelas províncias vizinhas, e quem sabe, um dia, pelo mundo inteiro. De volta à base, Dipper notou uma mudança em AML. Ele estava mais introspectivo, mas também parecia ter encontrado um novo propósito. Dipper não perguntou o que havia acontecido, mas sabia que Gabriel estava, aos poucos, se transformando em algo muito maior do que qualquer um poderia ter previsto. E, ao mesmo tempo, mais humano do que jamais havia sido.

Capítulo 15

A sombra do herói

Os dias que se seguiram à intervenção de Gabriel foram marcados por um silêncio inquietante. Dentro da base, Dipper e sua equipe continuavam suas operações rotineiras, mas algo havia mudado. Gabriel, embora mais calmo, carregava consigo o peso de sua ação. Ele sabia que sua interferência havia desencadeado algo maior, algo que ele não podia controlar. Os rumores sobre o Bom Biônico se espalharam como fogo em palha seca. Os cidadãos de New Portugal, que antes viviam sob o medo constante do governo e de seus biônicos, as pessoas nas ruas, nas esquinas e até mesmo nos becos escuros sussurravam um nome: AML286613.

A lenda do "Bom Biônico" estava se espalhando rapidamente. As histórias de um biônico que havia desafiado ordens e protegido civis começaram a circular, e logo AML286613 se tornou um símbolo de esperança em meio à opressão. O nome, antes associado apenas a um número de série, agora carregava consigo a promessa de justiça e humanidade. AML, sem querer, estava se tornando algo mais do que uma arma. Ele estava se tornando um farol de resistência. No entanto, essa notoriedade também trouxe problemas. O governo, ao perceber que suas táticas de medo estavam sendo desafiadas por uma simples lenda, começou a caçar o "Bom Biônico". Agentes foram enviados para investigar, e as ruas começaram a ser patrulhadas com ainda mais rigor. Qualquer biônico fora de uma missão oficial era visto com suspeita, e a tensão nas ruas só aumentava.

Dentro da base, Dipper acompanhava essas movimentações com preocupação. Ele sabia que Gabriel estava na mira, e que o governo não pararia até encontrá-lo. Durante uma reunião com sua equipe, ele expressou seus receios.

— Eles estão mais perto do que gostaríamos — disse Dipper, analisando as informações que chegavam de seus informantes. — Se continuarmos assim, é uma questão de tempo até que nos encontrem.

Wallker, sempre pragmático, sugeriu que Gabriel fosse enviado para um local seguro até que as coisas se acalmassem, mas AML recusou a ideia imediatamente.

— Eu não vou me esconder. — A voz do biônico era firme. — Eles precisam saber que há mais do que apenas medo neste mundo. Eles precisam ver que podemos lutar de volta.

Dipper suspirou, reconhecendo a determinação em Gabriel. Ele sabia que não poderia simplesmente forçá-lo a fugir. Além disso, a lenda do Bom Biônico estava crescendo, e isso poderia ser um fator decisivo na resistência contra o governo.

— Certo. — Dipper finalmente cedeu. — Mas precisamos ser estratégicos. Não podemos simplesmente correr para o confronto. Eles têm mais recursos e estão prontos para nos esmagar.

Killer, que estava encostado na parede, observava a discussão em silêncio. Após alguns segundos, ele interveio.

— E se usássemos isso ao nosso favor? — perguntou, seus olhos brilhando com uma ideia. — Eles estão com medo de você,

Sr. ML. Podemos usar essa lenda para desviar a atenção deles, fazer com que eles se concentrem em lugares errados enquanto continuamos nossas operações em outras partes.

Dipper considerou a ideia, e um sorriso sutil se formou em seu rosto.

— Isso pode funcionar... — ele murmurou, já começando a planejar mentalmente os próximos passos.

Enquanto Dipper, Killer e o resto da equipe começavam a delinear uma estratégia, Gabriel sentiu um peso em seus ombros. Ele não havia planejado se tornar um símbolo, muito menos uma arma em um jogo de manipulação. Mas agora, parecia que não havia volta. Ele tinha que seguir em frente, não apenas por si mesmo, mas por todos aqueles que acreditavam nele. Nos dias seguintes, Gabriel começou a aparecer em locais estratégicos, sempre deixando uma marca, sempre dando à população um vislumbre do Bom Biônico. Ele nunca ficava muito tempo, apenas o suficiente para que a história continuasse a crescer. E enquanto o governo se movia em círculos, tentando capturá-lo, Dipper e sua equipe realizavam suas operações sem serem detectados. A lenda do Bom Biônico crescia, e com ela, a resistência se fortalecia. Mas Gabriel sabia que essa sombra que agora o seguia seria tanto sua maior força quanto sua maior fraqueza. Ele havia se tornado mais do que uma arma; havia se tornado um símbolo, e símbolos eram difíceis de destruir. Mas, no fundo, ele se perguntava: até onde poderia levar essa luta antes que tudo desmoronasse? E estaria ele pronto para as consequências de seus próprios atos?

Capítulo 16

A escolha difícil

A lenda do "Bom Biônico" havia se espalhado por toda New Portugal, e AML286613 estava ciente do impacto que suas ações estavam causando. Cada vez mais, civis viam nele uma esperança, um símbolo de resistência contra a opressão do governo. No entanto, com essa fama, também vinha o perigo. A recompensa pela captura ou morte de AML286613 havia sido anunciada em todas as telas e rádios.

O governo o via como uma ameaça crescente, e a tensão começava a afetar sua equipe. Dipper, embora ainda apoiando AML, estava mais cauteloso, temendo que o próximo passo pudesse ser o último. Certa noite, enquanto AML observava de longe uma patrulha biônica perseguindo um grupo de civis, ele se viu diante de uma escolha crucial. Poderia manter-se nas sombras, protegendo sua identidade e sua equipe, ou poderia intervir novamente, arriscando tudo para salvar aqueles inocentes. A luta interna de AML estava mais intensa do que nunca. Por um lado, sua programação biônica o empurrava para seguir as ordens e proteger-se. Por outro, sua humanidade clamava por justiça, por fazer a diferença em um mundo que o havia condenado. AML finalmente tomou sua decisão. Ele ajustou sua roupa preta, sentindo o peso de sua escolha. Sabia que, a partir daquele momento, não haveria mais volta. Ele era mais do que uma arma; era uma força de mudança, um símbolo de esperança. Ao saltar do alto do prédio onde estava, AML sentiu o fogo em seus punhos começar a arder novamente. Ele não estava mais sozinho; o "Bom Biônico" havia renascido, e o mundo estava prestes a testemunhar seu poder. AML286613 desceu do prédio com uma agilidade impressionante, aterrissando silenciosamente na rua abaixo. A noite era fria e a escuridão parecia envolver tudo, exceto as luzes vermelhas que piscavam ao longe, indicando a presença da patrulha biônica. Ele sentiu o calor familiar de suas mãos, as chamas internas começando a despertar enquanto caminhava em direção ao conflito. Os gritos dos civis ecoavam pelos becos enquanto corriam desesperados, tentando escapar da morte certa. A visão de uma criança sendo empurrada por sua mãe, tentando fugir da perseguição, acendeu algo dentro de AML. Ele sabia que não poderia mais se esconder nas sombras. Sem hesitar, ele avançou, cada passo seu ressoando como um trovão na noite. Os biônicos da patrulha, programados para eliminar qualquer ameaça ao governo, não estavam preparados para o que enfrentariam. AML irrompeu entre eles com uma fúria controlada, seus punhos em chamas cortando o ar e destruindo tudo em seu caminho.

Os biônicos, surpresos pela presença de AML, tentaram reagir, mas foram rapidamente superados pela força avassaladora do "Bom Biônico". Em poucos minutos, a rua estava silenciosa novamente, exceto pelos civis, que agora olhavam para AML com uma mistura de medo e admiração. AML olhou para eles, tentando encontrar as palavras certas, mas tudo o que conseguiu foi um aceno de cabeça antes de desaparecer nas sombras, deixando os civis se recuperando do choque. Sabia que o que havia feito não passaria despercebido, e que a lenda do "Bom

Biônico" apenas se fortaleceria. Enquanto ele voltava para o esconderijo, as palavras de Dipper ecoavam em sua mente: "Eles já estão com medo. Podemos usar isso a nosso favor". AML compreendia agora o peso dessas palavras. Ele era a faísca de algo maior, algo que poderia mudar o destino de New Portugal. Mas sabia que com esse poder, vinha também a responsabilidade de escolher cuidadosamente seus próximos passos. Ao chegar ao esconderijo, AML foi recebido por Dipper, Wallker, Killer e Fun, todos com expressões sérias. Dipper, no entanto, tinha um brilho nos olhos, um misto de orgulho e preocupação.

— Você fez o que precisava ser feito — disse Dipper, quebrando o silêncio. — Mas agora, mais do que nunca, precisamos estar preparados. O governo não vai ignorar isso.

AML assentiu, ciente do que estava por vir. Ele havia escolhido seu caminho, e agora, mais do que nunca, teria que lutar para proteger aqueles que contavam com ele. A guerra contra o governo estava apenas começando, e AML286613 estava pronto para liderar essa batalha, mesmo que isso significasse sacrificar o pouco que restava de sua humanidade.

Capítulo 17

A revelação de Bill

AML ficou chocado ao ouvir as palavras de Bill. Saber que Dipper havia escondido a localização de sua antiga família o deixou dividido entre a raiva e a tristeza. No entanto, ele sabia que precisava encontrar a sua irmã e seu pai. Quando Dipper finalmente deu a AML o endereço da família Amaral, ele hesitou antes de partir. Dipper explicou que tinha ocultado a informação para que AML se concentrasse nas missões e não se distraísse com o passado. Mas agora, com tudo o que havia acontecido, Dipper sabia que AML precisava desse encontro para seguir em frente. AML chegou à casa humilde onde sua irmã, Ana Raquel, cuidava do pai idoso, Rodrigo. Ao vê-lo, Ana Raquel ficou emocionada, mas havia uma sombra de dor em seu olhar. Rodrigo, fraco, mas lúcido, sorriu ao ver seu filho, como se estivesse esperando por esse momento.

— Gabriel... ou devo dizer AML? — disse Rodrigo, com um sorriso triste.

AML se ajoelhou ao lado do pai, sentindo a gravidade do que estava por vir. Rodrigo começou a contar a história que havia guardado por tantos anos. Ele revelou que a mãe de AML, Patrícia, era na verdade Laufey, uma entidade antiga que havia criado um corpo mortal para viver entre os humanos. Laufey tinha visto visões de seu futuro e se apaixonado por Rodrigo Amaral. Ela escolheu viver como Patrícia para conhecer e amar Rodrigo, vendo uma realidade onde ela nunca existiria como Laufey. Rodrigo explicou que Patrícia, mesmo antes de falecer, sabia que Gabriel chegaria um dia, buscando respostas. E que, além das revelações sobre sua origem, ela havia visto que Dipper e seus companheiros estavam em grande perigo.

AML sentiu um peso imenso em seu coração ao ouvir a história. Ele finalmente entendia quem era, mas também sabia que sua missão estava longe de acabar. Ele se levantou, determinado a salvar seus amigos, agora com uma nova compreensão de suas origens e do poder que herdara. AML permaneceu ajoelhado ao lado de seu pai, absorvendo cada palavra, cada revelação. O peso da verdade sobre sua mãe, Patrícia, ou melhor, Laufey, o encheu de uma sensação de estranheza, como se sua própria identidade estivesse em constante mudança. Rodrigo, ao perceber a luta interna de seu filho, segurou sua mão com a pouca força que lhe restava.

— Gabriel, sei que isso é muito para você assimilar... — disse Rodrigo, com uma voz enfraquecida. — Mas você deve entender que sua mãe te amava mais do que qualquer coisa. Ela escolheu viver como mortal, ao nosso lado, porque sabia que você teria um papel importante neste mundo.

AML assentiu, sentindo uma mistura de gratidão e angústia. Ele sempre soube que havia algo de especial em sua origem, mas nunca poderia imaginar a verdadeira magnitude de sua linhagem. Ele era o filho de uma entidade poderosa, uma figura mitológica, que havia se sacrificado para garantir que ele pudesse existir.

Rodrigo continuou, com a voz quase sussurrante:

— Ela sabia que esse dia chegaria, Gabriel. O dia em que você descobriria quem realmente é e que precisaria fazer uma escolha. Ela viu a dor que você carregaria, mas também viu a força em você. Uma força que pode mudar o destino de muitos.

AML olhou para sua irmã, Ana Raquel, que estava quieta ao lado do pai, as lágrimas rolando silenciosamente por seu rosto. Ela também sabia, desde criança, que havia algo diferente em sua família, mas ouvir tudo aquilo confirmado, depois de tanto tempo, era esmagador.

— Ana... — AML começou, mas ela o interrompeu.

— Eu sempre soube que você era especial, Gabriel. Nunca duvidei disso. E, mesmo agora, sabendo de toda a verdade, ainda vejo você como meu irmão, aquele que me protegia quando éramos pequenos. Nada disso muda o que você é para mim.

Os três permaneceram em silêncio por alguns momentos, unidos por uma mistura de amor, dor e compreensão. Mas AML sabia que não podia ficar ali por muito tempo. O dever o chamava.

— Pai, preciso ir... Dipper e os outros estão em perigo, e eu... — AML hesitou.

Rodrigo, com um olhar de determinação que desafiava sua idade, apertou a mão de AML.

— Vá, meu filho. Salve seus amigos. Faça o que precisa ser feito. Mas lembre-se de que, independentemente do que aconteça, nós sempre estaremos com você, em espírito.

AML se levantou, sentindo uma nova força dentro de si. Ele olhou para Ana Raquel uma última vez antes de se virar para partir.

— Eu voltarei, prometo. — disse AML, com uma voz firme.

— Sei que voltará. — Respondeu Ana Raquel, segurando as lágrimas.

Com um último olhar para sua família, AML saiu da casa, agora com um propósito ainda mais forte. Ele sabia que não podia falhar. Com a revelação sobre sua origem e a responsabilidade que carregava, ele tinha que proteger aqueles que amava e, de alguma forma, encontrar um caminho para equilibrar os dois lados de sua existência. Enquanto corria pelas ruas escuras em direção ao esconderijo de Dipper, AML sentia o poder pulsando dentro de si, mais forte do que nunca. Ele não era mais apenas Gabriel Amaral, nem apenas AML286613. Ele era ambos, um ser criado entre dois mundos, carregando em si a esperança e o medo de toda uma nação. Ao chegar ao esconderijo, o cenário que encontrou era caótico. Dipper e os outros estavam cercados, e ele sabia que o tempo era essencial. Mas agora, com o conhecimento e a força que havia adquirido, AML estava preparado para enfrentar qualquer coisa. Ele lutaria até o fim, não apenas por seus amigos, mas também por sua família, por sua mãe, e pelo futuro que ele próprio ajudaria a moldar. AML avançou, determinado a salvar seus companheiros e proteger aqueles que ainda tinham esperança nele. A lenda do "Bom Biônico" continuaria a crescer à medida que ele abraçava seu destino, pronto para o que viesse.

Capítulo 18

A traição de Fun

AML retornou ao esconderijo de Dipper com determinação renovada, decidido a proteger seus amigos e cumprir seu destino. No entanto, ao se aproximar da casa, algo parecia errado. O ar estava pesado e um pressentimento sombrio crescia em seu peito.

Ao entrar, encontrou Dipper, Wallker e Killer reunidos na sala. Mas o clima estava tenso, quase sufocante. Antes que pudessem trocar mais de um olhar, barulhos de passos e vozes firmes ecoaram do lado de fora. A casa foi cercada por uma equipe de policiais armados, e gritos com ordens ríspidas, invadiram o ambiente.

Dipper instintivamente tentou reagir, mas AML, percebendo a gravidade da situação, ergueu as mãos, sua voz ecoando com firmeza:

— Eu sou quem vocês procuram. Não machuquem eles!

A decisão pegou todos de surpresa. Enquanto AML se entregava, Dipper o encarava, confuso e furioso. A mensagem silenciosa nos olhos de Gabriel parecia dizer que tudo ficaria bem, mas Dipper sabia que não era tão simples.

Os policiais agiram rapidamente, algemando AML e prendendo um colar em seu pescoço que paralisava seus movimentos. Dipper, Wallker e Killer foram forçados a ficar imóveis, impotentes diante da situação. O olhar de Dipper analisava freneticamente cada detalhe, buscando entender como haviam sido descobertos. Foi então que ele percebeu algo alarmante: Fun não estava lá.

Assim que AML foi levado para fora da casa, Dipper sentiu o peso da ausência de Fun se transformar em uma suspeita insuportável. Ele se virou para a entrada e o viu. Fun estava parado ali, os ombros curvados, com uma expressão de culpa que dizia tudo.

— Fun… o que você fez? — A voz de Dipper era baixa, mas carregada de uma raiva contida que ameaçava explodir.

Fun abaixou a cabeça, incapaz de encarar Dipper. Sua voz saiu trêmula, quase um sussurro:

— Eu… eu não queria que chegasse a isso. Eles me ofereceram muito dinheiro… pensei que, se entregasse apenas AML, poderia proteger todos nós.

A explosão de raiva de Dipper foi imediata. Antes que qualquer um pudesse reagir, ele sacou sua arma e atirou na perna de Fun. O traidor caiu no chão com um grito de dor.

— TRAIDOR! — rugiu Dipper, o ódio estampado em cada linha de seu rosto. — Você condenou a todos nós!

Wallker e Killer deram um passo à frente, mas Dipper ergueu a mão, impedindo qualquer interferência. Ele se aproximou de Fun, a arma ainda em sua mão, e olhou para o traidor com uma mistura de desprezo e decepção.

— Você não faz ideia do que acabou de fazer... — murmurou, enquanto o som dos veículos do governo desaparecia ao longe.

Fun, com lágrimas escorrendo pelo rosto, tentou justificar seus atos.

— Dipper... eu sinto muito... sinto mesmo... — soluçava, mas suas palavras não significavam nada para Dipper naquele momento.

— Suas desculpas não vão trazer Gabriel de volta. Você o colocou nas mãos deles. E pior, colocou todos nós em perigo.

Dipper respirou fundo, forçando-se a controlar a raiva. Ele se virou para Wallker e Killer, seus olhos firmes e decididos.

— Preparem-se. Vamos resgatar AML.

Wallker e Killer assentiram sem hesitar, deixando claro que estavam prontos para a missão, apesar do peso da traição de Fun. Enquanto eles se preparavam, Dipper lançou um último olhar para o traidor, agora encolhido no chão, segurando sua perna ferida.

— Não ache que isso acabou, Fun. Você vai pagar caro pelo que fez — disse, sua voz fria como gelo.

Com isso, Dipper saiu da casa, já começando a traçar o plano em sua mente. Ele não podia permitir que AML enfrentasse o governo sozinho.

Antes que pudesse ir muito longe em seus pensamentos, a campainha tocou. Dipper franziu a testa, intrigado. Quem ousaria aparecer naquele momento? Quando abriu a porta, deu de cara com um homem mais velho, com olhos cansados, mas que ainda exalava autoridade.

— Bill? Lembra de seu velho amigo? — disse o homem, sua voz carregada de um arrependimento profundo.

Dipper virou-se imediatamente para seu pai, que apareceu ao lado, seu olhar revelando surpresa.

— Freddy... ou melhor, Mimir. — Bill murmurou, reconhecendo o visitante.

Mimir, uma figura chave do governo e criador da tecnologia biônica, deu um passo à frente, o peso do arrependimento claro em sua postura.

— Eu não tinha escolha. Eu ajudei a criar essa tecnologia, mas ela saiu do controle. E agora, descobriram onde seu pai está escondido. Eles querem usá-lo... para matar AML.

As palavras de Mimir caíram como um raio. Dipper sentiu um calafrio percorrer sua espinha. Não bastava resgatar Gabriel; agora, ele também precisava lidar com uma ameaça ainda maior. O destino de AML e de todos à sua volta estava em jogo.

Com uma determinação renovada, Dipper olhou para Mimir, a raiva e a urgência claras em sua voz.

— Você vai nos ajudar. E vamos salvar AML antes que seja tarde demais.

Capítulo 19

A Batalha dos Sinos

AML foi conduzido para uma arena colossal, cujas paredes metálicas reverberavam os gritos ensandecidos da multidão. Telas gigantescas transmitiam o evento para todos os cantos de Midgard, enquanto o público aguardava ansioso por sangue e espetáculo. No centro da arena, AML era o foco de todas as atenções.

Cem biônicos surgiram, alinhados como soldados impecáveis, cada um programado com um único propósito: matar AML286613. Ele observou aqueles que um dia poderiam ter sido como ele, encarando os olhos frios de seres desprovidos da humanidade que Gabriel havia redescoberto. O peso do que estava por vir o consumia. Não queria lutar, muito menos tirar vidas. Mas sabia que, se quisesse sobreviver, não tinha escolha.

O som de um gongo ressoou, marcando o início do combate. Os biônicos avançaram em uníssono, uma onda mortal de precisão e força. AML se movia como uma sombra, seus movimentos rápidos e calculados. Cada golpe era uma mistura de técnica e instinto, resultado do treinamento exaustivo e de sua fúria interior.

A cada biônico que caía, AML sentia uma pontada de dor, um lamento silencioso por vidas que poderiam ter sido diferentes se tivessem tido uma chance como a dele. Mas não havia tempo para hesitar. Ele precisava continuar.

Acima da arena, um sino gigantesco balançava levemente, como um presságio. Então, ele soou. O som era ensurdecedor, reverberando não apenas no ambiente, mas na mente de todos os presentes. Criado para desnortear os biônicos, o toque buscava acabar com qualquer resistência de AML.

O som parecia penetrar nos ossos de Gabriel, mas ele o transformou em combustível. O desespero e a dor deram lugar a uma força renovada. Seus movimentos ficaram mais ferozes, e o calor de suas chamas crescia a cada instante.

Quando o massacre terminou, noventa e nove biônicos estavam caídos. Apenas um fugiu, desaparecendo entre as sombras da arena. AML ficou parado por um momento, ofegante, seus punhos ainda incandescentes. Ele não sabia o motivo daquele único biônico ter escapado, mas algo lhe dizia que aquele sobrevivente ainda teria um papel importante no futuro.

O sino continuava a soar, mas AML percebeu que aquilo era mais do que um mero espetáculo. Toda a batalha havia sido planejada para enfraquecê-lo, e o verdadeiro perigo estava prestes a se revelar.

De repente, veio um silêncio, e por uma das entradas, Odin surgiu. Sua figura imponente dominava o espaço. O deus, com um olhar frio e calculista, de um olho só, caminhava rindo em direção à AML com uma aura de superioridade.

— AML286613... o "Bom Biônico". Sua fama é impressionante, mas chega ao fim agora. Midgard será meu.

Odin, conhecido por sua astúcia, nunca teve uma força lendária, mas possuía uma habilidade sinistra: o controle mental sobre os animais, principalmente os Corvos. Esses pássaros, seus olhos e ouvidos em Midgard, eram extensões de sua vontade. Eles haviam vigiado cada movimento de AML e de seus aliados, dando a Odin uma vantagem estratégica imensa.

Mas antes que Odin pudesse atacar, um estrondo ecoou pela arena. Raios cortaram o ar, e Dipper, Mimir e Bill surgiram. Bill, o antigo Thor, avançou sem hesitar, eletricidade pulsando em suas mãos. Ele lançou um ataque direto a Odin, mas, apesar da intensidade, o golpe não foi suficiente para derrubar o deus. Por trás de Odin, Dipper estava segurando uma capsula, que, ao ser jogada, prenderia o deus, ou melhor, seu avô.

Odin sorriu, sacando uma espada mágica de suas costas, o nome da arma era heavenBlade. Criada muitos e muitos anos antes de Odin nascer, a espada veio do próprio Criador do universo, chamado de One, mas ele desapareceu tão rápido quanto veio. Odin acreditava ser a reencarnação de One. Odin, com a arma em sua mão, num movimento rápido, cravou a lâmina no corpo de Dipper. O jovem caiu no chão. AML sussurrando: "Odin! Você vai pagar, pagar pela morte da pessoa que acreditou em mim", enquanto pegava Dipper em seus braços. Dipper estava fraco, mas ele fez o biônico prometer algo para ele antes de partir.

— Prometa... salve Midgard... — murmurou Dipper, sua voz falhando, enquanto seu olhar se apagava para sempre.

AML sentiu o mundo ao seu redor desmoronar. A perda de Dipper o jogou em uma espiral de dor e culpa. Então, ele se lembrou das palavras de sua mãe, Laufey, que uma vez o ensinara a encontrar equilíbrio entre raiva e esperança.

Esse equilíbrio despertou algo novo dentro dele. Uma força que parecia surgir tanto de sua biônica quanto de sua alma. Seus ferimentos começaram a se curar e seus movimentos ficaram mais rápidos e precisos.

AML avançou contra Odin, seus golpes carregados de uma fúria controlada. Cada ataque era calculado, e o deus, que antes parecia invencível, começava a sentir o peso da determinação de AML.

Odin, em um ato de desespero, convocou um enxame de corvos para distrair o biônico. As aves voavam em círculos, criando uma barreira entre AML e seu alvo. Mas Gabriel, em harmonia com seu poder, destruiu os pássaros com uma explosão de chamas.

— Você não entende, mortal — rosnou Odin na língua de sua terra natal, levantando-se após mais um golpe devastador. — Midgard é apenas o começo. Eu me tornarei o deus supremo, e você não pode me impedir. — Dessa vez na língua Mortal.

AML respondeu com firmeza, seus olhos fixos no deus:

— Midgard é o meu lar. E eu não vou deixar que você o destrua.

A batalha atingiu seu clímax quando Odin canalizou toda a sua energia em um ataque final. Então avançou em direção a AML. Mas o biônico, alimentado pela promessa feita a Dipper e por sua própria determinação, enfrentou o ataque de frente sem parecer sentir nada.

Com um grito que reverberou por toda Midgard, AML redirecionou a energia de Odin, lançando-a de volta contra o deus. O impacto foi monumental, e Odin caiu de joelhos, sua aura divina desvanecendo-se.

AML se aproximou, sua presença imponente. Odin, com os olhos cheios de incredulidade, murmurou:

— Isso não pode estar acontecendo...

Com um último golpe, AML selou o destino de Odin. O deus caiu, derrotado para sempre.

A arena, antes cheia de caos, mergulhou em um silêncio absoluto. AML, ofegante, olhou ao redor. Ele havia vencido, mas sabia que o custo era alto. A morte de Dipper era uma ferida profunda, mas sua promessa ao amigo agora era sua missão de vida.

AML saiu da arena, carregando o peso da batalha, mas também uma determinação renovada. Ele protegeria Midgard. Custe o que custasse.

O presidente, vendo aquilo, decide descer na arena e pedir "educadamente":

— Sr. ML? Não tem como vencer o governo, ele é uma Hidra, corta uma cabeça, nascem duas no lugar...

AML pega a espada de Odin e ataca o presidente, sem dó nenhuma.

O presidente apenas morre sem falar nada ao biônico.

Capítulo final

O novo guardião de Midgard

AML saiu da arena carregando o peso de tudo o que havia vivido. A perda de Dipper, a traição de Fun, a revelação de seu passado e a batalha contra Odin o transformaram de formas que ele ainda não compreendia completamente. Cada passo que dava ressoava a promessa que fizera a Dipper: salvar Midgard e proteger as pessoas, sem jamais se deixar corromper.

Quando retornou à base, o silêncio era quase palpável. Os poucos aliados restantes o observavam com respeito e uma pitada de temor. Ele havia enfrentado um deus e vencido, mas o vazio deixado pela ausência de Dipper era um fardo compartilhado por todos.

Mimir, sentado em um canto, parecia perdido em pensamentos. O criador da biônica e um dos responsáveis pela vida roubada de Gabriel, finalmente reuniu coragem para se aproximar.

— Gabriel... — começou ele, hesitante, mas sincero. — Você fez o que ninguém acreditava ser possível. Derrotou Odin. Mas o preço foi alto, e o caos que ele deixou ainda persiste. Mais do que isso, eu vejo agora o quanto você foi vítima do meu trabalho, do que criei.

AML fixou seus olhos em Mimir, sua expressão firme, mas não hostil.

— Não adianta se culpar pelo que já foi feito, Mimir. O que importa agora é o que vamos fazer daqui para frente. Eu prometi a Dipper que protegeria Midgard, e vou cumprir.

Mimir assentiu, sentindo um misto de arrependimento e admiração.

— Eu quero ajudar. Não posso desfazer o que fiz, mas posso me redimir ajudando a reconstruir o que foi destruído. Não mais como Mimir, o pilar do governo, mas como alguém disposto a lutar ao seu lado.

AML manteve o olhar em Mimir por um momento antes de responder:

— Então mostre com ações, não palavras. Se vai caminhar ao meu lado, não pode haver hesitação.

Os dois se entreolharam em silêncio, um entendimento mútuo se formando. Nos dias que se seguiram, AML e Mimir começaram a trabalhar juntos para reunir os biônicos que haviam fugido ou se escondido após a queda de Odin. AML sabia que muitos deles, assim como ele, haviam sido forçados a viver como armas sem propósito. Agora, ele queria dar a esses biônicos uma nova chance, desta vez para lutar por algo maior: a justiça e a liberdade. A base de Dipper tornou-se o centro da resistência. O local, antes um refúgio, agora pulsava de atividades e discussões estratégicas. No entanto, a urgência de um evento político iminente pairava sobre todos: o parlamento estava prestes a escolher um novo presidente para governar Midgard. AML sabia que essa decisão era crítica. Não seria o povo a decidir, mas um parlamento dividido, marcado por alianças incertas e interesses obscuros. Havia o temor de que um candidato alinhado aos antigos ideais autoritários pudesse assumir o poder, anulando os sacrifícios feitos para derrotar Odin e sua influência corrupta. Enquanto caminhava pelos corredores da base, AML fez uma pausa diante de uma parede onde um retrato de Dipper havia sido colocado. Ele ergueu a mão e tocou a imagem, fechando os olhos. As palavras de seu amigo ecoaram em sua mente: *"Prometa... salve Midgard".*

— Eu prometi, Dipper. E vou manter essa promessa. Midgard estará segura.

Mimir se aproximou, sua expressão grave enquanto observava AML diante do retrato.

— O parlamento está dividido, Gabriel. Alguns membros ainda carregam o legado de Odin e seus ideais. A escolha do novo presidente pode ser um desastre se não agirmos rápido.

AML virou-se para ele, seu olhar resoluto.

— Não podemos permitir que isso aconteça. Dipper acreditava que Midgard poderia ser diferente. E não vou deixar que aqueles que quase destruíram este mundo assumam o controle novamente.

Mimir assentiu lentamente, admirando a determinação do biônico.

— Mas o que podemos fazer? Não temos influência direta no parlamento.

AML ponderou por um momento, olhando para o horizonte além das janelas da base.

— Não podemos decidir, mas podemos expor. Vamos investigar os candidatos e descobrir quem realmente está alinhado com os interesses do povo... e quem está manipulando tudo para benefício próprio.

Mimir colocou uma mão no ombro de AML, um gesto silencioso de apoio.

— Você tem razão. E eu estarei ao seu lado para garantir que isso aconteça.

AML assentiu, ciente de que a jornada seria árdua, mas também crucial.

Com o apoio de Mimir e de sua crescente resistência, AML começou a traçar um plano para proteger Midgard de possíveis manipulações no parlamento. Ele sabia que a escolha do novo presidente seria decisiva para o futuro do mundo.

AML não poderia votar nem influenciar diretamente, mas sabia que poderia agir nos bastidores para garantir que a verdade fosse revelada. Com isso em mente, ele intensificou os esforços para expor alianças secretas e eliminar qualquer ameaça à estabilidade de Midgard.

Enquanto caminhava pelos corredores da base, AML sentia o peso das escolhas que precisaria fazer. Cada decisão carregava o eco da promessa feita a Dipper, mas também trazia a esperança de um futuro melhor.

Ele sabia que o novo presidente definiria os rumos de Midgard, mas também sabia que sua missão não terminaria ali. Unidos, os biônicos e seus aliados estavam prontos para lutar por uma Midgard que honrasse os sacrifícios feitos.

AML, que um dia fora apenas um número, agora era o Guardião de Midgard. E assim, ele continuava sua jornada, não como uma arma de combate, mas como o símbolo de uma nova era em que a verdade e a justiça prevaleceriam.

Esse não era o fim de sua história, mas o início de um novo capítulo na luta por um mundo onde Midgard pudesse, finalmente, ter paz.